KB183346

시인의 말

백설 위에 첫발 내딛듯 백지에 시詩를 술述한다.
블랙홀 앞에서 번번이 휘청거려도
온전한 나의 나 지면 위에 담고 싶을 게다.
0.0001초 내 응급조치 필요한 생의 아포리아Aporia는
어쩌면 종말 예시한
한 맥 한 호흡과 맞닿아 있을 테다.
달을 한 개로 인식하는 것은 *직면한 인간의 착시!*
그러므로 달을 빚듯 존재에 대한
내면의 층 소통함과 수련은 감사요 신앙 아닐까.
남모를 장애 끌어안고 모른 척 아닌 척
살아가는 삶 자체가 페르소나Persona다.
육감六感으로 느껴진 감흥은 통찰하고 동화되는
다각도 내적 전율이며 안과 밖 알레고리요
심령의 울림이다. 이질적 관계망은 아무 일 일어나지
않을 태세로 생성과 소멸의 페달 밟으며
어느 때까지 쾌속으로 흐를 수 있을까.
온몸으로 글 쓰며 흘러가는 물고기같이
침묵할 수 없는 시대와 증언해야 할 서사적 사유
길은, 웅숭깊은 천 개의 달항아리다.

2024년 12월
백소연

차례

2부   겨울 나무에서 봄 가지로의 초록 기억

3부 생명의 書

4부 생성과 소멸

1부

천 개의 달항아리

그 집 앞, 노송老松

1.
-그러므로. 인생이란 기도하는 무릎걸음으로
태초에 거부할 수 없는 성령과 물과 피로 고백하는
신앙인 것인데 종국에 몇 개의 장場 몇 개의 막幕
하나의 극劇 이룬다지요?

길 하나 건넜지요 약속도 없이
차마 걸어 들어가지 못해 은륜의 힘 기대
조금씩 등 떠밀려 들어섭니다
굴렁쇠 마냥 구르는 것도 잠깐이요
스치듯 사라지는 햇빛 아래 안개는 이슬인데
등에 칼 꽂는 손 돌아 나오면
인정도 외면만큼 뼈 시리게 아플까요?
가만 눈 감고 물어보았습니다 반쯤 열린
미닫이만큼 시절도 열렸을까 싶은 날

심장 깊이 박힌 아흔아홉 개의 못과
206개 뼈 모조리 시리디 시려왔습니다
잘려나간 손가락 눈물 피 될 때
시베리아 벌판 그대들 얼음심장 뜨거웠을까요?
이유 없는 눈흘김은 살인 천국이지요

온기 없이 소문만 거푸집으로 들어 올린

터, 고려 시대 여인처럼 기울어진 저울

아궁이 불씨 전멸한 그 물바가지는

토끼가 잃어버린 달의 암호였을까요

우물길 파고 들어가다 불현 이쯤,

뚜벅이 발길 멈춘 게지요

피비린내 장자 상속 손에 쥔 야곱같이

추상 뛰어넘는 지혜는 뱀인데

고조, 증조, 친할아버지, 어머니의 어머니의

그 어머니 혼魂, 평지로 드러누운 채

손발 잇닿은 흔적 하나 없이

개똥꽃민들레개망초며느리밑씻개고들빼기

머리에 이고 지던 시공간

다 어디로 옮겨 앉혔을까요

아으, 촛대 없는 방구석의 침침함이라니!

헛되고 헛되고 헛된 사유

한 줌 흙 빚은 자화상 기록 중인

다 늙은 해, 어느 별 어느 달에서 온 호적인지

쥐도 새도 모르게

그 집 앞, 족적 찾아 그림자로 누웠네요

뒷짐 지고 긴 곰방대로 호령하던 뒷나루 앞

허리 구부러진 마당 한갓 춘몽일까요?

서까래 통째 뽑아 야반도주로 이주시킨

야곱 전생 같은 딱, 거기 그 자리
편애의 지팡이며 혹주머니 허리띠 끌고
도둑 같은 복락 꿈꾸던
백발 망부석

한 세기 부비고 씹고 내뱉던 희고 선명한
서까래 그늘 사랑이란,
다이아몬드 반지 그램수가 전부인가
어쩌자고 살모사 발뒤꿈치 사모한 것인지
눈먼 시절 까무러친 것인데
숯불 된 저녁노을 냉가슴에 눌러앉힌
열매 없는 무화과나무라니!
복원되지 못한 노정
초석의 단단한 뿌리 누가 통째
앗아갔을까 두고 건넜을까
침 뱉은 우물, 뚜껑 덮인 법문에 기대 앉았네요
돌도끼로 콱콱 찍어낸 인감도장,
삼우제도 끝나기 전
통째 끌어안은 대법관 앞
구더기 시글시글한 내용 증명 판도라 상자!
목격한 이들도 "쓰레기네요!" 목청 높여
허허, 끌끌, 쯧쯔 웃었다지요?
은 30냥 양심의 근수 목매 달아 논전답
집문서 씹어 삼키는 쌍심지 화폐 뱃구리가
면도날보다 오싹 소름 돋는 살얼음 속

도낏자루란 사실

들리시나요, 아시나요?
안주머니 단도와 송곳은 또 어쩌구요
가슴 저린 뒤통수에 대고 휘파람 부는
볼멘 싸가지의 싹
사랑 없는 독 가시 얼마쯤 키웠을까요?
오류 부작용은 인성 실종인 것인데
일백 개 바늘 침 들고 낮밤없이 집어 뜯는
대상포진 세균은 뜨끈한 소금 거즈로
젓갈 담그듯 자근자근 숨죽여 주는 게
물풍선 없애는 기가 막힌 정답이라지요?
보리 껍데기 실린 3막 4장 피날레
쫓기듯 빈손으로 귀향시킨 혈血의 길

당신은 누구십니까

2.
마당 한 켠 신줏단지로 끌어안고
한여름 뙤약볕 드마시며
늙은 소나무 향수 하늘 등 기댄 것인데
뉘라서 옛 주인 맞이할까요
등경은 발 아래 두는 게 아니므로
진실조차 부재한 앞마당

옹이와 상처 없이 딱지 진 시절 어디 있을까만
아물어지지 않는 기억도 있어
씀바귀돌나물냉이돌미나리곰취곤드레취나물더덕
결코 쇠잔해지지 않는 담장
이빨 빠진 짐승 터 백골만 남겨둔 채
그늘로 내려앉았습니다그려

아재들의 나란한 족벌묘 길 닦음했을까
벌목된 수목 이웃 갈길 막는
그 길 그 산 차마 발 떼지 못해 흘깃
돌아본 날
입 큰 독사의 자식들
대문 밖 후딱 스쳐 가면 그만인데
창공은 무슨 일로 능청스레 푸르른 것일까요

혹, 아시나요?
삼우제 끝나기 전 야곱에게 문서 실어 나르던
도둑고양이, 어이해 우물 없는
남새밭에 정착하여 마른 웅덩이 물 채우듯
머나먼 길 내려다본 것일까요
보쌈하듯 떠나보낸 방앗간 안녕하신가요?
믿음 상실한 송곳니
취기 밴 옷 위에 심술 끼었고
마녀 숲으로 들어가 광풍 휘날리던
그녀는 예뻤을까요?

서둘러 바늘허리에 실 꿰던 날
꽃 같지 않은 청춘 쭈그려 앉은 것인데
누군가의 화서花序*
사막 될 수 있음에 대해 화들짝
가면무도회 종결시킨 것일까요 혹여

확장된 심장 소식 들어 보셨나요?

가시 박힌 토방 주저앉았네요
추락은 날개 달린 비상망
나 · 무 · 의자 휑뎅그렁 내려놓고
열 자 스무 자 백 자 애끓는 천 년 사유
전신 누이시네

3.
다 늦은 저녁 어쩌자고 서녘 낮 붉은가
우주로 전송하는 전설 닮은 꿈
아그배나무 이야기 들은 적 있지요
울지 않는 캔디!
생인손 아린 엄마는 울머 물었어요
네 키 서너 배쯤 되는 천궁 물속
평화로 눕고 걷는 하늘 복 받았으므로
피눈물도 꽃 되었을까?

열매 없는 포도나무 넝쿨담 그, 그 집
쥐구멍 드나들 듯 오가던 댓돌 위 신발
자취도 없고 탱자나무 울타리
가시바람 정찰병만 서성거리네요

눈먼 나라 고래古來적 이야기인가
길보다 무서운 길
내려앉힌 서사 '삭제' 버튼 눌러요
황무지에 쇠심줄 심어놓고
천 년 열매 기다리는 사랑 없는 꽹과리
무명 무당 손 붙들고 영혼 팔아넘긴
오페라, 씹히지 않는 선악과 읽어보세요
울리는 꽹과리는 사랑이요 용서는
B.C, A.D 십자가 종결이지요

창살 없는 가시 의혹만 자라고 태어나
먼 길 떠날 채비 중인

어른아이, 당신은 누구십니까?

*화서花序: 꽃이 줄기나 가지에 배열되는 모양이나 자리관계

생각의 단단함과 말랑함

피망과 파프리카와 고추 사이의 경계만큼
고만고만한 생물 모양새의 색채와 입맛
포개 누인 관계의 시제 어느 행성에 누웠을까

율격 타고 굿거리로 넝출거리는
현, 열두 가닥 운율
대대손손 귀와 눈 틔운 것인데
태초 리듬 타고 새로운 길 유영하는
손때 묻은 등 기대어
낯선 듯 익숙한 골목 안 사람, 사람들

똑똑, 거기 누구없어요? 기억의 엘리베이터에
융단을 깔고 공중 나르는

천 년을 하루같이
집집 노오란 숲으로 우거져 사는가
안방과 사랑채, 마당 옆 부엌이며
얼음과자 오징어 게임 달고나 호미걸이
헛간과의 거리
새벽 워낭소리, 두부장수 종소리
기도하는 탄일종 까무룩한 마을 풍경

무늬와 무늬 엇갈림도
종국에 푸르던 시절 한 잎인지
기원전 기원후 읽는 자와 읽히는 자,
찾는 자와 찾아가는 자 목격자와 듣는 자
기록하며 저장하는 자

무의식 의식 범죄처럼
언제 잠들지 모를 시간 멀찌감치
백년 계수하는가

보리밭에 앉은 알곡과 쭉정이와 나비
내일 또 내일

종의 기원, 물푸레나무

수목원 귀퉁이
희고도 붉은 연보랏빛 환한 등
곳곳 밝히고 선 것인데
본시
뜰 안에 흔치 않은 정향庭香
수수꽃다리 개회나무로 불리는 게
평상 제 이름이어서
종의 기원 호적조차 정리되지 못했을까
너무 닮아 누가 누구인지
알아보기 버거운 다른 듯 같은 성명
어느 결에 타국으로 건너가
더부살이로 살다 다시 돌아온
미스김라일락 무사 안녕하신지

정향 꽃 꺾어 말안장에 꽂고
그 향내 맡으며 면암 지나 30리를 갔다는
*금강산 유람기**
시방 마당 그윽한 것인데
귀향하여 다시 한 생 키운다는
총상꽃차례 소식 전해 듣는다

*《속동문선(續東文選)》에 실린 추강 남효온의 〈금강산 유람기〉

묵은 칼의 노래

언제부터 희귀병 앓고 지낸 것인가

불현 들여다본 칼집 속 서너 개의 날
녹슨 채 쓰러져 기대앉았다
시퍼런 주검 옴싹 수용한 채
제 날 세우지 못하고
우울에 찌들어 살아왔을까 하면,
잘 나가던 날 버려야 할 기회 놓쳤을까
보내야 할 관록 눈 감아버렸던 이유
기억마저 소실되었다

제 각각 고개 돌린 미필적고의!

이승 잔솔가지 처분 못 해 경계 밖
서성거린 심령의 그렁그렁한 지배라니!
버려두고 묻어둔 무관심 늘어져 산다
자르고 깎고 썰어 다진 취지
양질이라도 느슨한 촌각에 속절없이
패대기쳐진 예리한 길

"믿음으로 죽은 칼 살려드리겠습니다!"

경비실 알림 방송 요란한 날
실시간 소통 부재 역력한 무딘 날의
방향 치료, 반복 권장 한창이다
이미 제 직분 상실한 측면
가능한 목숨인가
싹뚝, 잘라내지 못해 부패된 양면
특단의 수술 감행 중이다
꽂힌 그대로 썩어 나자빠진
불규칙 리듬과 엇박자 무료 칼갈이
차차 초만원 대기 중이다
억양 위에 올려진 강속구 악센트
무의식 무반사 차차 안색 환한 날

행간에 긴 일교차 부활이라니!

침침한 날 닦아 빛 발한다라는 것
뼛속에 박힌 이 빠진 시절 무심함
단숨에 변형된 본질 갈아엎은 믿음 봉사
마찰과 경계 일획 일점 소통
쌍끌이 심혈 기울인다

주저앉은 검은 잇몸 무딘 속사정 비단
게으름 대명사만은 아닐 터
관심 밖 일시적 부패

반 홉 햇살 아래 갈고 닦아 반추시킨
환골탈태換骨奪胎 기세 당당하다

천 개의 달항아리

보이는 것은 보았다는 것과 사뭇 같은 듯 달라
너의 안과 겉 안다고 말할 수 없지.
백자로 빚었다고 생각했지만 너는
만지면 저절로 터져버리는 유리항아리였던 게야.
연장 다루는 자와 실험하는 자 행간 달라
깨트림과 빚는 사이에 깨어짐도 존재하더구나.
불완전함의 결여 완전을 향해 돌진할 때
너는 늘 활화산 같았지.
통유리창 들여다보듯 안팎 팽팽한 긴장 혹간
빛살 파고든 투명함에 대하여
경계 지우는 일만큼 회오리치는 너를 목격한다.
경계란 막과 막 비늘망이어서
천궁과 지상의 껍데기와 껍질만큼
가깝고도 먼 거리지.
생각은 형체를 구워낼 때 비로소
내면 직시하는 까닭으로
제 속의 틀 깨트린다는 사실 딱, 맞닥트린
청동거울이지. 하면 너의 충돌은
의문 제시한 팽창이었을까

심안에 자리한 문 쨍그랑, 열고 들어가

달항아리 빚는 너의 안과 밖 노크하는 일,
귀 떨어진 소반같이 일상 유랑
슬몃 들여다보는 일기문도 길었을까 깊었을까

미완성은 완성 이전의 바이메탈이다.
깨트림과 깨어진 사이 아픔은 관계를 키워냈을 터,
왼쪽으로 기울어진 어깨는 방금
부풀어 오른 화상같이 미처 봉합 못 한 물집 되어
모국어 떠난 행려병자로 귀환되기도 하지.
갓난아이 울음 눈치채지 못한 어른 같이
하찮은 낙서 지우듯 울타리 밖 뱅뱅 도는 방황
그 빙하의 언저리 끝끝내 매화나 동백 피워올렸을까.
내가 네가 될 수 없는 수심 생떼 쓰며 울고 웃던 회로.
안에서 보는 나와 밖에서 보는 너의 달항아리
아마도 버려야 할 것과 버릴 수밖에 없는 무엇
똑 닮았던 게지.
헤어짐과 만남은 어려운 공식 속 DNA인 법.
꿈의 길 찾아 누가 몇 걸음 더 빨리 걷거나 느리게
걷는 것 따위의 차이란 닮이냐 알이냐일 뿐.
꿈이란 종국에 안개이어서 둥그레 둥싯
온몸으로 달항아리 빚기도 하지.
일상 타건하는 열정 두드리며 안팎 들여다보는 길

각고로 빚은 항아리 공중 분해한 순간
너는 자연 태어났다. 때마다

알에서 갓 깬 너의 질문도 빼곡했을까.
말 속의 가시연꽃 수수만 곡절 도리질한
언어의 칼, 혀끝 혈기 사랑 앞에
딱 부러지기도 하기에
아이야, 키 큰 캥거루 주머니에서 튕겨 나와
네 젊은 날개 힘껏 펼쳐보아라. 너는 누구냐?
안과 밖 껍데기와 껍질에 대한
본질 눈치채야 비로소
네 질문에 대한 응답 뒤따르는 게지.

항아리의 항아리 너는 청동 백자다.
누군가 빈 항아리로 누군가는 꽃술로
또 누군가는 한 몸 되어 마주하기도 하므로
발효와 부패 사이에 네가 있고 내가 산다.
광장은 아직도 발효 중인 소금내 진동하므로
항아리 속 나비는 날까? 보이지 않는 곳에
손 넣는 투명함이 너는 두려운가.
밑바닥에 넣다 빼는 빈 주먹 더 두려운가.
바라보고 있어도 보이지 않는 꼬깃꼬깃한
언어의 틀 여전히 먼 거리 하냥 손 닿을 수
없는 수심 치어다보는 것인데 시방
너는 어느 꿈의 알, 광활한 항아리 빚고 있니?
여전히 안과 밖 종은 울린다.

관

땅거미 짙어가는 줄 모르고
저무는 해 놓친 적 있지요
친구들은 잰걸음으로 사라지고
나만 홀로 공방에 기다랗게 누워 있는
오동나무 관 딱, 맞닥트렸어요

이를 어쩌죠?

닫힌 문 앞에서
길은 환해도 막아 세우는 길 있어
왈칵, 무서움 찾아오고
잠든 엄마 깨우지 못해 유리문 안 공방
한쪽 눈 가린 채 들여다본 것인데
유독 어깨 넓어 보이는 수상한 나무 관의
길이와 광폭
누운 그림자 무겁고 차가워
핑, 현기증 돌았어요
잠시 미끄러지기도 했을까요

가야 할 길 왜 그리
뚱뚱하고 홀쭉하고 길었던 것인지

불러도 대답 없는 허공에 나의 나
끌어안은 채
캄캄함 밀고 서서히 한 발짝 들어서기까지
소리 저편 아무 기척 없을 때
아홉 살 시간은 칙칙하고 지루하고 길었어요

믿음의 양탄자 타고 날아오르는 순간
둥싯, 내 발뒤꿈치 누군가 들어 올렸을까요?

정수리 쭈뼛거리는데
바짝 다가와 앉은 노오란 항아리 달빛
두려움 동글동글 품어 안았지요

살았는지
죽어 누웠는지
살다 죽었는지
오던 길 되짚어 들여다보는
시선, 바닥에 붙은 두려움 클수록
안온한 빛 품는 간절한 기도는 은은한
북극성이지요

달 속에 올려놓은 두루마리 농심원
엄마가 어린 나를 와락 끌어당길 때
쑥쑥 자라 환해지는 그림자 뒤

길

두려움 몰아내는 빛은 믿음이죠

어부의 저녁

어깨에 채비 메고 뚝길 걸어간다

방파제 따라 전망대까지 잇닿은 적도의 땅

수심은 시방 저무는가

바다를 흠뻑 드마신다

회 뜨는 비린 생 부비며 살아온 물의 길

수심 밑바닥까지 새로운 세계

투영한다라는 것

해 다 진 지평의 날 것 몽땅 들여다보는

기울어진 노을 딛고 괭이갈매기 떼

성큼성큼 허방 휘돌아 쉼터 물색 중이다

모질게 몰아쳤던 날개 접는 동안

조용히 발등 내려다본 적요의 거리

어느 마른 땅 찾아 정박의 닻 내려놓을까

어망 둘러맨 사내들, 소금도 한 짐이다

슬그머니 우산도 없이

종일 비 내린다

꼬리 밟힌 강아지처럼
절룩이며 스쳐간 것 같기도 했을까
저만치 띄엄띄엄 읽히는 도로망

젖은 옷 감추려고 두 눈 깊게 내리깔았지만 나는
곧 생 그물망 왕창 찢겨
어쩌지 못하게 된 그녀 눈치챘다
달 가리키는 손가락 못 보고 손끝만 볼까
조바심치며 최대한 당나귀 귀 밀착시켜
말의 문 열어 두었던 것인데 철모르고 세상
담 뛰어 넘은 그녀의 에로스 그림자
바람 휭휭한 의식 펄럭인다

비가 내린다 종일

몇 번씩 들썩거리는 팔다리, 불안한 경고다
집 없는 달팽이 신세된 이상야릇한 끈직임
그녀 다녀갔다 머리에서 발끝까지
캄캄하거나 환해진

푸석한 머릿발 미처 정리 못 해
등짝 욱신거리도록 두들기는 빗방울만
발등 사로잡을 때
그녀 쉴 새 없이 훌쩍거린다

신파 서사는 싫어, 좀 조용히 해줄래?

푹 꺼진 주어와 명사 제거된 안부
자주 종종 빨간 신호등 꺼졌다 켜지던
광합성!
채록할 수 없는 욕망의 무게와 높이
특특한 거리 두께 마주쳤다 매사 서투름에 대한
어긋남도 빙산의 일각일 뿐인데
열쇠 없는 문,

어떻게 제 터 잡아 출입할 수 있을까
닫힌 상자 속에 버려진 부풀 대로 부푼 희망
손잡아 끄집어낼 수 있을까

밤이면 제 모습 옴싹 웅크리는
선인장과 사랑초 보며
날개 접는 이유 깨달았다

비 떠난 후 접는 우산 뒤 햇살처럼
나를 접어야 비로소 부활하는 심령

건너온 길 다시 건너가야 할
그녀, 횡단보도에 서서 흔들흔들
손 흔든다

페르소나 13
-새벽 레퀴엠

누군가 휘장 찢듯 미명의 어린 魚鱗

뜯어낸다 으깨지고 구부러진 싸이렌
힘 다 뺀 채 홀쭉 가련하게 뒤범벅된 사내
붉디붉은 흐느낌 뒤따른다

간밤 무슨 사유 처마를 꿰뚫었을까

사철 푸른 소나무와 슬라브 지붕 어디쯤
투신한 이름 듬성듬성 발견된 것인데
초야의 신랑 신부 같이 나눠 마신 인생술
단칼에 베어나갈 이별주인 줄 모르고
우울마저 기꺼이 받아마셨을까

어둠 방출할 때 반드시 이유가 산다는 데

작별 인사 채 나누지 못하고 서둘러
떠나야만 했던 까닭 무엇일까
앰뷸런스 울려 퍼진다
오른쪽에서 왼쪽, 왼편에서 오른편으로

우아함과 비천함 동시다발로 펼쳐지는 일
작은 결점까지 단단히 봉한 탓에
똑똑한 생 벼랑으로 밀어붙인 것인지

명적名籍*도 받아적지 못하고
돌이 알 된 풍문만 동트는 길
십여 년간 공들여도 평생 품을 자식
태어나지 못한 기다림 지친 자서전
서까래 검붉게 휘감쳤다

수의 한 벌 입히고 고개 떨군 사내
선 밟고 벗어 던진 외짝 신발 손에 들고
뒤늦은 배웅, 종결 어미로 오열한다

생은 뉘 것인가

*명적名籍: 관계되는 사람의 이름이나 주소 따위를 적어 놓은 장부

알, 닭 한 마리

도마 위 한 생 묵근하게 올라 있다
한때 달음박질치던 이승도
초록몽蕉鹿夢에 불과했을까
벌거숭이 생, 예리한 칼끝 아래
깃 하나 없는 맨몸뚱이로 누웠다

태초 모든 근원은 알인가 생명은
깨트림으로써 글썽거리며 일어서는 수련인가

어쩌면 참혹한 잉여 혹간 알 품던
원치 않는 선택지로 이동 계류된 생
펄펄 날던 벌목 향은
제 한 몸 기꺼이 바쳐 누군가의
기름지고 넉넉한 밑거름 된 사실 앞에
스스로 초연할 수 있긴 있었던 것인지
알은 탄생이요 부활인 것인데 미세 떨림

살신殺身은 진정 실상의 존엄되었을까

내어줌은 또 다른 헌신적 반증인 것이므로
찰나에 베어나간 참담한 기도 응답

34

사랑은 천국을 어떻게 침노했을까
부비고 부대끼며 일상 콕콕 찍어내며
문득, 치솟는 양 날개
처연한 생사 단막극 뭉클뭉클 스친다

피 한 방울 흘린 적 없다는 듯 정결한

〈닭 한 마리〉

생살 찢는 이별 상처와
흘림체 활자, 피와 살 잇닿는 가름막 뼈
한 대접 꽃 사유 푸짐하게 저며 익힌 밥상
지상에 뽀오얗게 우려낸 이름 기억할까
굳어진 근육과 지반 단단히 딛고 거침없이
내어준 수많은 실핏줄

어디로 어떻게 건너갈지
한집살이로 살고 지는 너도
꽃 같은 생명이다

서까래 아래 둥지!

그림자 문서 공식

한 방울 떨어트린 엣센스가
부작용을 일으켰을까
생발목 어느 부위 걷다 맺힌 안쓰러움인가
속 알 수 없는 통풍 동반한 것인데
그, 그녀와 어떤 함수관계인지 불현,
아래층에 대한 보고서 시끌벅적하다

위급한 동료 요청, 기댈 곳 없는
이승 서류였다는데 그의 의자가 문제였을까
뿔 달린 모자와 지팡이가 문제였을까

먼저 가고 나중 가는, 핀 꽃 피다 진 꽃
나중 필 꽃보다 이름 중한 선물 같은 거래
길은 거기 어디쯤 이문도 남긴 것인데
어긋난 돌쩌귀 되어 영 돌아올 수 없는
보증 수표 뒤로 자식 셋 둔 중년 사내
홀린 듯 달빛 아래 목 매던 날
아무도 계단 오르는 기척 없었으므로
고향 산 좋아 소나무골 능선 아래 누웠다는
소식, 그녀 뒤늦게 울컥한 사유 듣다
날 저물었다 그 후

1012호 아낙, 누구의 문도 두드리지 않았다
국화 한송이로 안부 지적할 때
눈 감은 음성 음절 옹이도 깊어
몇 달 몇 년간 눈과 귀 막았던 것일까
전선에 발 걸린 달처럼
뜬 눈으로도 저녁은 잠들고
오래 묵혀도 딱지지지 않는 옹이
반 뼘 남은 꿈 자루 들고 공중 분해 중이다

단위 농협 30여 년 공든 탑 근무 실적
신용담보 보증 끝에
썩은 사리 밖에 나오지 않았노라

버려진 이승 몽땅 이전시키던 그 날도
흐린 날 오후였다
늦은 햇살 한 줌 길어올리는
숙연한 눈길
튀김집 들락거리는 그녀 앞치마
허리띠 바싹 졸라매고
하루를 바삭하게 굽는 중이다

뉴스News, 공장지대

떴다. 대문자 속보 자막 쫄깃한 사설
겹겹 짜깁는 생사 단키에 일일 몰수해
첫 소절부터 무게 없는
왕과 왕비의 관 새벽까지 너울친다
수수곡절 형체 있으나 없는
배부른 이와 숯 검은 이마
누가 지푸라기 무대 만들어 주었을까
도륙했을까
뉴스는 시선인데 첫 행부터 튕겨 나오는

너만의 레치타티보인가 주술인가 유령인가?

번갯불에 콩 구워 먹듯
바삭하게 구워낸 하루치 쿠킹*
일상 겨냥한 과녁인 것인데
기름진 버터 바르지 않아도 누군가의
묻지마 시선 흡사
사시미 칼끝에 꽂힌 연어 살처럼
푹푹 휘갈겼다
푸르고 탱탱한 꽃 진 젊은 날의 초상화
금박으로 아로새기고 싶었을까

약 6억만 년 전에 묻혀 살던 동선
시절 하나 폭발시킨 것일까
사방 잘려나가버린 팔다리, 어긋난 이목구비
유쾌한 잔칫날
청딱지개미반날개**에 물린 종아리처럼
흥건한 것인데

누가 고양이 목에 방울을 달까
문장으로도 데려가지 못한 문명!

무게 감당 못 한 왕관같이
버튼 한 키에 뒤바뀐 문서같이
단 한 방의 AI 로또 앞에 엎드린
시대의 魂 퀵, 퀵,…
차이와 차별 조작과 조직 달라서
숨 가쁜 토설 믿거나 말거나 설계 꿈틀거린다
눈 한번 찔끔했을 뿐이라는데
맨주먹 한번 불끈 쥐었을 뿐이라는데
광장에서 피 터져라 부르짖은
가나다라 바마사 아자차카타파하,…
찰칵, 찍혀버린
모두의 모두에 의한 생 도촬 중이다

돌아보건대, 설원 신성시하는 히말라야,
찍힌 족적 좋아할까

모음 한 티스푼 자음 한 술 거미 사슬
뒤섞은 비빔밥 파문
0.05 재봉 바늘칩 혹간
삼베 짜는 물레인 듯
촘촘히 상처 곱씹어 되뇌는 잉여
글문 속 생생 생 눈 뜨고도 눈감아
카눈 휘몰아쳐 손 흔드는
비행, 술術이 술述한다
초고속 뉴스

격랑치는 바다 너울

물살 들썩일 때마다 맥없는 주검 위로
살의에 찬 햇살 쨍쨍거리는 하루
엄폐은폐 소식 굽는 그의 그를 위한 그들만의
키드득 킥킥 구멍 속 '쏙'

너는 누구냐?

*쿠킹: 조명이 부족한 상태에서 촬영된 필름을 보정하기 위해 현
상 시간을 늘리거나 색온도를 올리는 작업

**청딱지개미반날개: 일명, 화상벌레

2부

겨울 나무에서
봄 가지로의 초록 기억

시의 書, 도전과 웅비

창과 방패 들고 높은 城 지키듯
내가 네게로 다가갈 때
눈물은 玉 되어 주저리주저리 흘러내렸을까
혹간 옴딱지 된 상처 보드레 감싸 안았을까

벗이여, 광장은 시방 무엇을 꿈꾸는가
창작의 연민은
직관과 통찰의 잉태로 출산 중이라네
어이! 할 때 아하, *끄*덕여 주는 질문과 응답
해학과 농담처럼 길은 거기서부터 열렸던 게야
열리지 않는 귀를 두드린다는 것은
가뭄 속에 쩌억 벌어진 논바닥을 바라보는 것
끝끝내 내몰린 벼랑 끝 직시한다라는 것
사실, 계곡이 마을을 품고 살아가듯
고공비행 중인 생명 숲은 어린 날개 펴고
먹이사슬 터 닦는 안전망일지도 모를 일
길은 애초 걷는 자가 길 되므로
삶이 시가 된 것인데
곁눈질하는 눈초리로 몹쓸 양심 들이대는

동과 서, 남과 북 횡단하는 서식지 오염과

고이고 뭉치는 기름때와
새들의 알껍질 세차게 두드리는 살충제
사계절 타이밍 교란은 누구 몫으로
일용할 양식 앞에 쭈그려 앉아 물수제비 뜨듯
생명을 논하는가

왕창 기쁘거나 기절할 듯 슬픔에 빠져 속수무책
멸종 위기 목숨들 시의 알 낳긴 낳을 수 있을까
우주 향해 다가갈 수 있을까

생사 연민이란
십여 년 곰삭혀 들앉힌 장독 같아서
아마도 말과 말 어두와 어미 사이
밀착해 벌어지는
상관관계와 발상 그 중간 어디메쯤
킬리만자로 표범처럼 고독을 씹는 문턱 같네
얼음 없는 북극과 알타미라 동굴 된 발자국
모차르트와 베토벤, 쇤베르크와 사라사테,
냉전과 열정, 고전과 낭만의 교각 건너
생명 문체 문장 깃 펄럭이며
나의 피아노와 바이올린 소나타는 필히
날아올랐을까 사유는 모두의 모두에 의해
공존하긴 하는 것인지
문득,
공중 나는 새 보았네

시대 배신하는 뒤통수와 눈흘김처럼
각자 제 틀에 꿰어
입 되어 주지 못한 글, 울림 못된 외침
'임금님 귀는 당나귀 귀' 허공의 공전과 자전!
고독한 군중 사이 꿰뚫고 가슴에서 머리로,
머리에서 가슴으로 찰나에 터트리는
진실의 씨앗, 웅비의 서사
지구 위에 탄생시키자는 게지

겨울로부터 봄 기록의 書

모멘텀, 키메라(Chimera)*

지구본 돌듯 재앙은 회전 중인가
입 틀어막아도 그 습성 꽤 오래
적색 신호탄 쏘아 올릴 요량이다
약 45억 년 전이나 30억 년 전쯤 치명적
돌연변이 예언서는 존재했던 것일까
통째 잃어버린 태초의 성서나
종의 기원 어디쯤 서성거리거나
주춤, 한다
호모사피엔스 직립의 유전자
제 안 풍경만 쫓던
1천 200cc 사람의 뇌가 끊임없이
작아지며 진화 중이라는데,
수많은 사건 깨닫지 못해 주저앉힌
풍선은 안전한가
거품 많은 우주 지그재그다
사라지는 동그란 원형 틀,
(지구는더이상둥글지않아요바꿀수록늪이지요)

산모퉁이 따라 나그네 몇 구름자락 베고
기슭에 눕는다
앙상한 간지랑대에 하루 날개 접는

텃새 서너 마리 세상 틈새에 낀
넝쿨이나 초목 그들 사생활도
아득한 높이에서 우는
제 속의 일임을 새들은 눈치챘을까
하찮음이 심오에 이를 때까지
본질의 내장 우글우글 드러낸 채
사정없이 식탁을 뒤흔드는 것인데

목숨 앗아간 잔인한 이별

이 저녁 묻지마 칼부림 용서 가능할까요!
떠나는 내일은 초고속 절벽인 걸요-

호흡조차 거칠어진 바이러스 감염
이웃한 어둠은
엎질러진 달빛 속으로 잽싸게 숨어든다
방귀 튼 이불 들추듯
설명하지 않아도 알 수 있는 현대 흑사병
내막, 이정표 없는 깃발만
광야 들썩이는 역류성 도발인가 매일
빳빳한 목 들어 올려 제각각 핏대 올리는?
발밑 그림자 들어앉았다
추측만 무성한 일상
입 틀어막힌 가을은 왜 붉은가
쩍쩍 갈라터진 세파 따라 빈 껍데기와

알곡 터져나온다

좌회전 불가, 우회전 깜빡이 켜세요!

죽은 사자 몸에서 긁어낸 꿀은 지혜인가요
데릴라*의 간음인가요 혹 원죄인가요 몇 스푼
몇 g의 믿음 목구멍에 쏟아부었을지
탐욕 쇠꼬챙이
당신 것인가요 을의 것인가요?

뒤통수 뜨거워도 멈출 수 없는 일은 무엇일까.
게릴라 게릴라 북으로 남으로 날아다니는
생사 바이러스 풍선?
모든 것 집어삼키고 끝내 습생 강한
X만 살아남는 것일까

지구 희망 누가 키울까요?

지진. 해일. 태양 폭발. 회오리바람.
싱크홀 소식 몇 점 물고 들어와 접붙이는
호수 폭발이며 꺼지지 않는 들불에 대한
철렁한 사유, 꽉 다문 귀

학살 가능한 미지, 눈 감았나요?

독 품은 녹조
측문 지나 돌아 나오는 들판
관절 시리도록 저려오는
격랑의 시일 서성거리는가, 우리

*모멘텀(momentum): 물리학적으로 운동량 또는 가속도, 곡선 위
한 점의 기울기를 뜻함
*키메라(chimera): 한 개체 내에 상호 다른 유전적 성질을 가진 동
종의 조직이 함께 존재하는 현상
*데릴라(delilah): 구약 성경 사사기에 등장하는 블레셋 여자(삼손을
배신하여 죽음으로 이끈 악녀)

사하라 사막의 별

한 모금 물, 생명 살리는 길
어린 왕자는 비상 날개 활짝 펴고
사막을 횡단했을까
오아시스 없는 치명적인 모래성 앞에
1인칭 관찰자 시점!
그것은 삶의 365 × 12 목록

인적없는 모래땅 위로 솟아오른
이름 모를 풀 혹간 가시꽃 자리 선인장에게
안부 묻는 유랑객들 제 몸속
방울방울 모아둔 물주머니를 위급 순간
엎치고 뒤쳐야 비로소 통증도 보드라움도
곱게 만져지더라는

생명의 書

온 동네 꽉 찬 수목 공중 부양시키는
싹, 생사 근원지에 대한
희망메시지 한 다발 꽃 핀다
종국에 얼음덩어리도 물의 힘인 까닭으로
죽어야 사는 참 목록 지침이었을

오늘의 어제 어떤 섭생 근원지 깃 세워
캄캄한 제 길 찾아 나왔을까
단단한 사색 껍데기 벗겨 한 호흡 중심으로
잠자던 욕망 비워냈을 빨주노초파남보
물음 끝 길 이토록 훤해지는 것인데

줄기나 가지 어디메쯤 대롱거리는
근원에 대한 모진 자맥질 실뿌리
아마도 뿌리목 비법인지도 모를 비거리

살아야 한다
살아가야만 한다라는
살아남았음에 대한 空

버림으로써 얻어지는 심연 시각과
닦아내고 비워냄으로써 치환되는 거리와 거리
중력과 서정 중화된
화선지 위 붓끝 먹물처럼 집중하는 정성
꽃 피고 열매 맺기 마련이므로
안안팎 단단한 실체
종種은 울리고 종鐘은 울린다

일생 상처된 옹이 다독여
새살 채우고 다지는 법이어서
초록 새순 앞, 돌연 발길 멈춰지는 날

하늘 우러러 달 품은 은하의 강
푸른 문장 길어 올린다

동백은 동백으로

바람 한 점 가지 끝에 얹혀

시절 오고 시절 가네

저 꽃강 흘러흘러 날 만나네

오동동 오동동 조매화鳥媒花 백설에 결결 인내 키워

시절 한 잎 꽃 피운 것인데

얼음 발로 청춘 불태우다 소식도 없이

초아로 스러졌는가

어둠 벙그러진 피로 물든 섬!

깊은 잠에 빠지지 않아도 새벽은 오고야 만다

목 떨어진 핏빛 사유 건너건너 다시,

흔들리며 흔들리며 피고지는 목 · 숨 ·

네 손을 위한 두 대의 피아노

사각 테이블 위에 삼각 김밥 이야기 몇 점
올려놓고 네모진 의자에 엉덩이 깔고 앉아
세모진 접시 뒤적인다
진실 아닌 진실을 진실로 받아 먹은
죄로 말미암아 더러워도 버릴 수 없는
양심 모서리 킥킥 악수 청한다
도스토예프스키의 소냐 같은 그녀
픽, 웃는다

사는 게 블랙홀일수록 희망 로프
짧아지기 마련이므로
두꺼운 밤 지루하게 낄낄거려도 새벽은
기어이 꿈을 키워낼까 지구
반대쪽 일 허기지는데
피렌체풍 혀가자미 요리와
레드 와인 블루베리 소스에 얹힌 연어
양송이로 장식한 사슴 등살
흑간 샴페인 크루그는 어떤 향연의 맛일까
인간이 만든 사치는 늘 불평등 저울인가
지팡이 든 중절모에 대해 종종
자정 향해 흩어지는 두꺼운 이야기는

자꾸 미끄러지고
누군가 유리창 두드리는 죽은 아이 엄마
그림자 내려놓는 순간, 낙엽의 광휘
결결 파랑친다

시대 나열한 역사 박물관처럼
기억 밖으로 떠나 보낸 상처 얼키설키
완성하는 동안 반전 없는 그녀의
그녀 만의 손가락 변주 완벽한 주인공으로
자리한다 텍스트 종결은 언제나 *Smile*
꼿꼿한 목고대다
하나 둘 밀고 당기는 사소한 농담
뜨개질하듯 엮는 손발의 위치 꽃위에
나비, 나비 옆에 벌, 벌 곁에 방아깨비
순간, 불편한 도강

망각 주워 담는 추임새는 별미일까
톡톡 쏘는 와사비는 각각의 개성일까 아닐까
꽉 낀 스키니에 자투리 시간 몰아넣는
그녀, 몇 번인가 생각 뽑아 오선 위에 올린
길고 날카로운 손톱
세상 모든 어른과 웃자란 어린 것과
한 번도 마주 앉아보지 못한 밑바닥 어딘가에
어슴츠레 스치는 그림자 몇 토막

누가 모퉁이에 던져 놓았을까

전위 역행 옥타브 안의 반음
이웃 듣거나 말거나 비화성음 화성음 불협 협화
블루 아르놀트 쇤베르크 수다 만발
그녀, 빗방울 전주곡 툭투욱 연주 중이다

셔터문 닫힌 거리의 거리

-코로나19(COVID)

어금니 앙다물고 한 달 전부터
문과 문, 출항의 닻 흔들린다

아침 오고 저녁 와도
인기척 없는 도로와 가게 집과 집
~에서부터 ~까지
안개 낀 새벽, 감감하다
주인 없는 의자 바라보듯 도보도 없는
거리 스쳐 지나갔을까
휘황한 간판, 북적이던 구시장
몰려다니던 왁자 먹거리 발길 없는
도로망 마스크

입 꽉 틀어막았다

택배 기사 오토바이 생계 일당
쪼개진 걸음, 사소한 주문 받아 나르는 접시는
이웃 안부다
말 못 할 속사정 천지 가득한 것인데 근래
입주한 아래층 커피 배달 가게
전화주문 쌓여 다행이다 한숨 내쉬고

코다리집 애써 거미줄 걷어내기 바쁘다
죽음 사절 건강원 사슴 목장 앞 평상 아래
길고양이조차 사라진 뒷골목
영 죽은 것도 아닌 종횡무진 어리둥절
생각대로 말하는 대로
누가 단단한 심장 되어줄까 날개는?
만이천 미터 상공에서 축포를 터트리듯
할머니 맥줏집, 눈먼 청춘들 고래고래 토악질 소리
꿈속에 잠든 관계망 두드리나
쉬이 벗겨지지 않는 셔터문 활짝 열어제킨
발코니 둥근 탁자
압도된 코로나 뚫고 에둘러 앉았다

사내 몇몇 골목에 쭈그리고 앉아
발에 치인 돌멩이 스민 냉기 쫓는가
저만치 삐끔삐끔 미끄러져 뒤돌아서는 오후
갈 곳 없는 길목만 허옇게 누워
헛기침 속 가래 목구멍 할퀴는 애벌의 시간
창밖엔 어쩌라고 추욱 축 눈, 눈 늘어져 섰다
꽃 피던 시절만 위로 삼아야 할까

누가 자물통이며 누가 열쇠인가

진흙탕 모래사막이라도
바람 햇살에 부풀어 오른 꽃과 열매 맺는 법

봉긋한 밤 폭풍 게워내도
단단히 딛고 이 강 건너야 해가 비친다
팬데믹에 쫓겨 멀어지는 걸음 걸음들
어금니 앙다문 셔터문!
피가 통하지 않는 발가락 딛고 등경 위로
환한 전원 켤 때까지

쉿. 백신의 어둔 밤!

지금, 당신은 안전하신가요

그러므로
믿는다, 그 한마디
하늘과 직결됨을 녹격합니다
남의 둥지 탐내는 뻐꾸기처럼
귀 있어도 귀 없는 자
눈 있어도 눈 없는 자
뒤집고 엎어쳐도 자루 속 꿰뚫는 시선은
속사람입니다

바닥에서 소나무 우듬지까지
딱, 한 곳만 직시하는 관통로에 대해
크고 좁은 골목 오가며
자동차와 바퀴, 엔진과 브레이크
횡단보도 사라진 급발진

당신은 안전하십니까

로드킬 당한 고라니 두개골이며
이빨조차 뭉개져 멈춰선 호흡 들여다보는
시야는 르포인가

생성과 소멸 그림자 줄줄이
돌이킬 수 없는 노을따라 내달린다

새의 목구멍에서 튀어나온 울음 무게처럼
비뚤어진 모서리 몽그라져 둥근 획 긋듯
뭍에서 지평까지 아우토반만 있을 리
만무하다

독수리 날개 치듯 시간은 날아오른다

침묵하지 않으면 미끄러져 듣지 못하는
타인의 울림에 대해

당신은 매일 정석의 숙면을 취하십니까?

수면 깨우는 모차르트와 바흐의 평균율과
차가움 대변한 따뜻함의 진실 뒤로
줄바꾸기 일쑤인 조간문 들여다보며

믿을 수 있는 낱말 찾으셨나요
당신은 안전하십니까?

페르소나 14
-입 속의 붉은 말

그녀 입은 늘 낙엽 타는 냄새 흥건하다

금세 잇몸 사이로 말풍선
밀고 나올 것만 같은 입 큰 입
가슴에 멍울진 화 반쯤 벌리고 산다
그 버릇 그 표정 누구도 귀담아듣지 않아
입 마름도 고칠 수 없는 고질병 된 것일까
너무 쉽게 참아온 보람도 없이
가슴 깊숙이 유방암은 몰려 앉았다

더는 변명조차 필요 없는 목젖 깊은 말
그녀 흘러가고
새우버거 햄버거 치즈피자 잘 어울리는
그녀와 그녀만의 거리

쉽게 당도할 수 없는 객지살이
자신에 대한 증명 곱게 덧바르고
내닫는 곳마다 삐끗했던 발목 더는
건널 수 없어 안으로
제 비밀 하나 감춰둔 자물쇠
시절 불똥 튈 줄 예상 못했다는

그녀 전언
혼자 아닌 혼자다

돌아가고 싶지 않은 길 돌아 나왔다는
돌출된 엉겅퀴 시절
통풍만 마디마디 끔뻑거렸을까
찻잔 식어가는데
마음 울적한 밤 별책부록같이
어딘가로 건너가겠다는 다짐

언제, 어디로?

두 번째 만남부터 립스틱은 붉어지고
손발 바쁜 떠돌이 행성
자유라 이름했다
미꾸라지 물 흐르듯 잘 버텨왔던 것일까
바오밥나무 된 몸 내일은 빛날까

말할 수 없는 입

암막 커튼을 치면

뾰족함이 모난 곳 파고 들어가
송곳 찌를 때
등 토닥이며 함께 울어 주는 이
당신 맞습니까?
화목한 식탁에서 인상 찡그리는 이웃
어떻게 삼각뿔이나 마름모 각 지워야 할까요?
당신의 살아온 방법은 안전한가요?
불온한 식탁에 앉아 감사할 수 없을 때
사랑이 본향이라는 진리 곱씹고도
울리는 꽹과리 되는 당신 모습 보였나요?
자칫 없는 말의 팔다리 뻗어 나와
심령 덧칠하면 덜컥, 천년초 매만지듯
전신에 가시 박히므로,

붉은 것 하얗다고
검은 것 검붉다고
보라 아니라 파랑이라고
하얀 게 아니라 아이보리라고
88건반 두드리며 희미한 안갯속으로
물귀신처럼 끌어당길 때
쫄깃하게 씹히는 남의 집 남의 언어
아닌 것 아니라고 말할 수 없는

입, 입술

비뚤어졌을까요?

제 몸통 스스로 학대하는 영웅놀이
휘어지게 울부짖는 당신은
구리인가요? 엿가락인가요?
어떤 그림자 어떻게 삭제할 것인지
혹간 단단히 끌어안을지
나는 왜 그것이 궁금해야 하는지
잘 모르겠습니다만,
아르키메데스를 찾지 않아도
욕조 물 차면 넘친다는 부력의 원리
인식한다면 상식도 미덕도
당신 것입니다

잠을 잤지요
중후하고 무겁게 그리고
아주 찬찬히 보통 빠르기로
전염병처럼 퍼지는 시간
안단테로 건너온 사실 알면서도
울컥, 남의 진실 제 것으로만
등 돌릴 때 적잖아
세상 중심에 서서 하나 둘

검은 안경 벗기는 손길, 어때요?
할 수 있는 해봄직 한 해야 할 일
필요 이상의 불빛 발산시키거나
은근 녹슨 칼자루에
쓸모없는 힘 섞는 까닭 허다하여
낮게 아주 낮게 한두 발짝 뒤로 물러나
주춤, 한 호흡 기다려주면 안 될까요
거친 뿔 무한정 자라나기 전에
먼저 간절히 기도해 보시지 않겠어요

거짓 뒤 삼각뿔은 송곳이죠
돌부리 어그러트릴 때
나는 왜 당신이 무너트리는 공든 탑
힘껏 붙들지 않았을까요
가시 박힌 시선 심령 파고 들면
나의 나 조용한 구름 위 쉼터로
자리를 옮겨요
가치는 이상을 잡아먹거나 잡아 먹히거나
잡아먹도록 유인할 수도 있기에

눈을 감아요
제3의 거리 아주 잘 보이는
마음 문 열어놓구요 대부분
노크해도 먼산바라기로 서성거리거든요
말하기도 전

질겅질겅 오답을 씹어 먹어버리는
이웃이나 동료
죽은 양파 냄새 진동하지요

못한 일, 할 수 없는 일
하지 않은 일, 하려 하지 않은 일

색깔 바꾼 동선 예민한 정서의 자로 재는
가면 두꺼운 비밀한 사람들

정지된 약속 흔들리거나 서성거리므로
한번 비틀어지면
모서리부터 와장창 무너져요,

구름의 밀도 솟구치면
중심부에 별의 씨앗 생성되듯
뜨거움은 차가움을 차가움은 뜨거움을
멀리 있는 듯 가능한 거리에
존재시킨다는 사실 잊지 마세요

실천은 사랑이 첫걸음이죠
굽은 길 달리다 벗어난 도로
박탈당한 이유와 헝클어트린 언어들 얼얼해도
당신 뼛속 깊은 심혈관이 주인공 아닐까요

조용히 햇살 앞 커튼 열어봐요

겨울 나무에서 봄 가지로의 초록 기억

마른 가지의 뿌리에서
목련으로 다가가기까지 연둣빛 햇살
더디게 흐른다

봉긋한 희망 순 좌측에서 우측으로
건너건너 활짝 꽃 피우는 일이
몇 번의 천둥과 우레
필연으로 스치며 다가온다는 기별 받고
몇 문장 남지 않은 서사 띄엄띄엄 무늬로
기록한다 쓰다 만 연서처럼 봉오리도
터트리지 못하고 떠난 일련의 사유 앞에
귀가 많은 바람,

마당 깊은 집,

장 선생댁 울 안에 백옥의 신부로 들앉았던
그때 그 집 셋방살이 새댁 첫 딸 낳았지
오이장아찌 짠내 진동하던 단칸방
홀시아버지 기침 소리 카랑카랑하던 그 밤
전세금 몽땅 털어 달아나 버린
쥔 장의 작은 마누라

야반도주, 목련꽃 그늘 아래에서
우리는 아담과 하와의
먹음직한 먹었음직한 천도복숭아
담 높은 이웃에 대해 세상눈 떴을까
바람 둘레 배회하다 이내 기도하는 심정으로
목련은 속살마저 훤히 내어준 것인데

울음 상실한 울음들끼리 모여
너무 일찍 맺히거나 늦게 피었다 떠난
모퉁이 키 큰 건물 우뚝 솟는다
포개지고 포개지고 포개진
명작 될 수 없는 명지 같은 빌딩 숲
골목마다 그림자 분리 치유 될까
살아있는, 시적 건축학개론 성립 가능할까
거기 어디쯤 새들은 웅성웅성 울타리 안에
깃 세웠다 피고 지는 것인데
8월 우박처럼 스쳐 닿는 온갖 너스레
저녁의 꽃차례 둥근 두레밥상에 모아
못다 부른 세레나데
백일홍나무 곁에 서서 읊조린다

동에서 서로 휘어지는 나뭇가지에 슬몃 착지한
눈 뜨는 기별과 먼 바다 소금 몰려오듯
수천수만 리 안부
떠나보낸 이별 문장 사이로 푸른 쪽지

어디선가 파랑새 짝지어
까무룩한 날 오후 소식 물어 나르는가
새들은 우우우 깃 세운다

기억 둥근 '첫' 받침
초록 눈 뜬다

심장 수술

햇살 한 줌 비보다 우울할 때 있다

밟고 가는 발끝 시려워 한여름에도
기후 변화 대비할 잠의 방향 있어
반려자도
수면 양말 찾는다

숨 한번 크게 쉴 새 없이
뛰고 뛰었던 희망 이력서 고단했던 것일까
수일 내 평안한 호흡 찾아오기를
새벽부터 늦은 저녁까지 심장 기능 강화
소원했던 것인데
산비탈 백합향 흠양하며
포도나무 붙들고 사는 가지임을 잊었을까

한 홉 바람 앞에서조차
눈 뜨기 힘든 가설은 실존이다
전망 바라보는 시력도 아득한 거리에 놓여
불어오는 등 뒤 바람막이 사랑도
슬몃 업혀 가고 싶은 눈치다

평생 조약돌 빚듯 수련하는 길 위

이별도
찰나다

하루 만남 저녁 인사
어둠 밀치면 고운 햇살 맞이하듯
초초 아랑곳하지 않고 취한 수년
우리는 한쪽으로만 누워 잤던 것일까
회귀의 일심 모든 것
내려놓을 때 얻는 귀천의 힘은
눈물겨운 심령 체험인 것인지
다녀오겠다는 인사말 끝나기도 전
유체이탈 목격한 오전,

찰나刹那!

한 번은 백지요 두 번은 부활이며
세 번은 기적이다

일생 동아줄에 매어
하늘문지기로 굳게 세워두시는 까닭
더는 묻지 않기로 했다
전쟁 같은 사랑
하시절 기도문도 말씀 먹고 살아

오랫동안 우리는 가나안 땅 향해
자유롭게 자유롭게 날 수 있을 만큼
들으며 깨우치며 기뻐 찬양했는지 모를 일

머리카락 하나부터
확장된 심장 수축에 이르기까지

한 호흡 한 맥 명료함이라니!

수상한 일기

저녁은 푸르거나 붉다
열쇠 달린 사진첩은 그럴수록 자물쇠를
군게 잠궜다 이내 스르륵 풀어놓는다

밀보리 껌 씹던 언니들 다 어디로 갔을까

빨간 스카프 미니스커트 행방도 묘연한 것인데
초저녁 해와 달 품고 우루루 신작로로 몰려나와
별 헤던 기찻길 옆 아이들 은하수 꽃구름 타고
옥수수 하모니카 찢어진 청바지 유행도 깊어
솜사탕 웃음소리 들리는
철로 위 철로
눈 깜짝 할 새
놀이터 없이 스러진 아이들
어느 떠돌이별 되었을까

슬픔과 고통 은하의 다리로 실어 날랐을
그 어머니 어머니 어머니
아버지 아버지 아버지의 어린 양

한양 천리 메아리, 도둑 기차에 무임승차했던

청춘들, 무궁화꽃 피웠을까
지붕 위의 지붕, 반닫이 속 반닫이
오동나무 뒤주 속에 가실家室 전답이 산다

다시 여기에 올 일은 없어!

지붕 키우던 옛집 비켜 나오다
사실적 증거 현실 될 때 터져 나오는
울음, 울음, 울음이라니!
두고 떠난 엄마의 곰삭힌 장독대와
단정한 한복들
씨간장 확독과 도굿대, 마리아와 십자가
어느 엎질러진 생, 기도문 열고 닫았을까

열쇠도 없이 묻지도 않고 깊은 생
함부로 도륙했을까 산 자와 죽은 자 밀치고
대문 활짝 열어젖혔을까 사지 멀쩡한 토지대장
아버지가 건네준 유언

관심은 사랑인 것인데
꽃과 생물 단칼에 목 잘라 빈 터로 세워둔
마당 한 켠!
맘 주머니만 두둑한 도둑 다녀가셨나
마당 깊숙이 점령한 산짐승 닮은 난초방
누가 기립시켜 놓았을까

거미 사슬 대롱거리는 휑휑한 담벼락
한 손으로 움켜쥐면 툭 으깨질 듯
수런거리는 뒤안

뻘, 구멍

비린내 진동하는 어시장 들어선다
골목마다 잔뜩 널린 생사 좌판
일렬로 펼쳐 놓은 것인데
생 토막 치는 자매
몸 안 둥근 물의 중력 통째 밀어 넣고
바닷길 연다

동트고 노을 지듯
생은 또 다른 생 불태우거나
흐릿하게 뭉개버리는 것일까

기척 눈치채지 못한 짜디짠 수심
길어 올리는 여정은 신선한가
얕은 돌 틈 파고든
세발낙지와 진종일 씨름한다
단칼에 무너트릴 생이라도 천적 밀어내는 흡반
아무렇지 않게 육지 위에 올린다
일탈 시도하는 진흙탕 몸부림이라도
비린 일상 야무지게 휘감치고 탕탕 내리쳐
한 접시 객지인들 앞에
간기 밴 살점 떼어놓을 때마다

파랑치는 서해안 들숨 날숨
맛보시라, 쩌렁쩌렁 농을 친다

둥글게 낙하한
사과는 죽지 않아!

견딜 수 없는 날것이라도 은빛 호흡
악착같이 제 발목 밀착시켜 한꺼번에
목숨 내어준 고난
검은 피조차 푸르게 도달하는

심해深海

3부

생명의 書

만남과 이별 시론

-만경강 철새도래지에서

가는가 싶더니 다시 회귀한 시절,

아직 여기 어디쯤

또 다른 달력 기다리는가 만나지는가

잘 지내느냐 소식 한 줄

전화 몇 줄

바람결에 실려 오더니 오늘

비 끝에, 느린 저녁 폭설 내린다는

전언 듣는다

요지경 카오스 세상 어둑 캄캄해도

얼음장 밑으로 생명은 하냥 요동치는 것인데

이쯤 도달한 기척이라도 들려올까

남으로 찾아든 겨울 철새

가면 오고 오면 가는 강가에 둥지 틀고

여태껏 떼 지어 아우성 아우성친다

메밀 소금꽃

봉평면 창동리 들머리에서
허생원과 동이로 태어난 인물 찾아
객들은 시종 마을 문 두드렸을까
발가락 손가락 닮은 메밀밭
도토리 키 재기 같은 망울, 망울들
장돌뱅이 지친 등짐 풀고 이쯤 주저앉아
한 *생 뜬구름 치어다보았을까* 어쨌을까
찾아온 이유 고만고만하여 돌다리 건너
이승의 회포 능선만큼 펼쳐놓는다

등짝에 겉보리 생 단봇짐 둘러업고
사람의 인연 허덕이다
다리 쉼터 잡아 앉힌 충주집
온데간데없고 하시절 속풀이
국밥집 입간판만 발목을 잡는가
보헤미안의 서른다섯 해 희고도 굵은
소 · 금 · 뿌 · 려 · 놓 · 은 · 들
짧기도 짧다

명자나무며 사과꽃 눈에 담고
메밀부침, 메밀막걸리 메밀묵…

길손들 배 불리는 메밀 향내음
키 작은 생 돌아앉아 저만치
정분난 물레방아 배경만 묘사의 절경인가
쌍쌍이 들앉아 길 없는 길 묻는다

죽어서도 글문 찾는 젊은 초상화
터벅터벅 걸어 나온다
봉평에서 대화장까지 팔십 리 인생 누군가
설핏 귀띔하는데
주인공 없는 시공간의 지친 등살 타고
흐르는 핏빛 산마루턱
대체 뉘 고향인가 향연인가
틀 없는 틀
달빛 그늘 시절 하나 묻는다

바닷길, 그 섬에 닿으면

1.
섬과 섬 휘돌아
채 다다르지 못한 항구의 불빛 향해 간신히
소금을 몰고 왔을까
저 붉디붉은 하늘 광장에 깃 세워
렌즈 속 시각 찰칵찰칵 묻어 두는 중이므로
맺고 푸는 수심
천만리 멀어져 가는 집어등 불빛 따라
아코디언 펼치듯 나의 나 수심 펼쳐보는

물의 나라

질퍽한 뻘밭 가로질러 객지인 시나브로 떠나는
변산 방파제 앞 몇몇 사내들 이팔청춘
씨 좋은 어록 은밀히 낚는 중이다
저 바다에 누워
한 생 제대로 낚는 일이 온통
깊은 수심인 것 알긴 아는 것일까
생갈치 벌떡 뛰는 농담 한 자락 깔고
애써 삭여내는 늦은 *해그물*
비린내 홍건한 너스레와

생사 휘감쳐 고무래질 하는 싯귀
포말로 나뒹굴다 어디론가 흘러가고
흔들리는 현실 붙잡지 못한 줄달음

한쪽 어깨에 채비 둘러메고
짜디짠 어족 끌고 장막 뒤로 사라지는 사내들

해지는 데 떠밀고 가는 저인망 누가 알까
서산 노을 한 움큼 붉기도 붉다

2.
물과 물 사이 갯벌
서해는 물질 중이다
까무룩한 집어등 한 채
정박 향해 섬섬 섬 다가온다

뱃머리 깊은 숨결 진종일 뒤척였을까

느닷없는 먹 떼구름 광풍 끝에 매달려
금방이라도 울 듯 한바탕 낙뢰 내리치는데
어디로부터 몰려왔다 몰려가는지
그 많던 괭이갈매기 울음조차
바다 궁둥이 뒤로 숨어 난다
빈 가게의 민유리창 누덕누덕 세월 등

떠밀어내는 다 늦은 저녁, 이쯤
시절 하나 넘어가는가
말굽 빗소리만 뱃고동 되어 터벅거린다
갖은 짠 내 업어내는 방파제 끝
등댓불만 깜빡깜빡 출항하는 뱃머리 능선

적도의 땅 어디로 횡단 중일까

널브러진 개펄, 비린내 흥건한
비는 오고 비만 나린다

신들메

벗어던질 수 없는
신발 문수 끌어안고
일생 벗어놓고 건너야 할
길 나선다

귀 세우고 한 걸음씩 땅 디뎠을까요?
딱딱한 껍질, 날개는 초록일까요

모름지기 행동은 말의 의상이어서
언어의 조각 거대한 이상 완성해
낮게낮게 생 이동시킨다
손상된 결탁은 구멍이라는데
어둠 빚는 여우와 하이에나들의 찬란한
페르소나이기도 하여서 술 취하면 겁에 질린
바닥 진상 발산하기도 하는 것

부드러운 허리띠와 테두리 원하시나요?
잠시 잠깐 빌린 몸의 집
울음 끝에 종시부 찍기도 하시요 아마

기댈 곳 없는 심폐기능 고백적 현상

가끔 정전된 수면 불러온다
불임한 여자의 눈 뜨는 아침처럼
기도가 주는 재료도
외짝 유리구두 실린 동화 속 호박 마차

열두 시, 열두 시!

고단함 수선하는 파문에 대하여
동시다발 짓누르는 깨달음 어떤 터널의
무늬로 탄생될까
두 눈동자 표면에 맺혀 그렁거리는
빗방울의 일렁임처럼

물살 잡아맨 계단 많은
발목 어디로 어떻게 건너갈까요?

놀이 기구 고공행진 우주정거장 꿈꾸는지
작용 반작용 시소에 대하여
다 늦도록 해답 구하지 못한 기울기

탁탁탁! 탁락 그림자

섬광 헤집고 물음 끈 슬그머니 풀어 놓은
오후, 박제된 전신 수술은 진행 중이다
신의 일시적 허락 받고

개흉한다라는 것

누군가 심장 열고 주인으로
들어온다라는 사실
통합되지 못한 여정의 검진은

째깍째깍일까요?

홀가분할수록
말소되는 오감, 길은 의외로 차분하다

사람이 죽는 줄 알고
죽은 줄도 알고
죽을 수도 있는 일시 정전!

몇 초 전 만난 다감한 발걸음도
순간의 물살에 씻기는 모래 같은 성

이제 우리는 우리를 기록하고
이해할 차례입니다!

반짝이다 멀어지는 神이 사는 동네

달항아리

손 닿을 듯 말 듯 유리막 전시장
빠져들어 간다

알아주는 이 없어도 억만
기억의 뒤안에 쭈그려 앉아 이쯤
쉬어도 볼까 하냥 둥근 우주
한 고비 화산불 삼키는 魂
짧은 도보도 다져지는 수련인 것이어서
그냥 스쳐갈 수 있을까
모시적삼 한 자락 깔고 앉은 황진이라도
시절 휘감친 백자 곁 꼿꼿하게
기대앉을 수 있었을까 둥글디둥근
알의 세계
누가 애오라지 먹고 뛰는 가살스런
'이조李朝'라 함부로 지칭하는가
우북한 태토 어랑어랑 어허…
한 항아리 달 뜬 것인데
왕좌에서 앞마당까지의 층층 신분
그쯤 멈춰진 것이어서
희고 고운 천 년 고락
보드레 깎아 세운 심연의 얼!

결결 항아리 속에 들어앉아
흔들어 깨운다
누가 서까래 밑
달 뜬 생 불러 앉혔을까

다시, 세월은 봄!

배꼽

1.
한 뿌리로 잇닿던
태초 격정의 고리, 마침내
열매된 자리
햇살 반 홉쯤 모자라 꼭지 떨어져 나오듯
길 밖, 그러니까 복원될 수 없는
독립된 출구 들어선,
만삭의 길고양이 한 마리
담장 위에 앉아 저녁을 긁는다

가져본 적 없는
독립된 생의 분리 자맥질하는
크고 둥근 우주

아리고 쓰린 속 다글다글
지지고 볶는 마음
지붕과 마당 사람과 사람 토방과 서까래
가짜 입술 가짜 입 맛 가짜 사과
가짜 손발가락에 의한
우물 있던, 우물 깊은 처마

앞치마를 입어야 친절이 떠오를까?

새로 쓰고 싶은 이웃에 대한 배려
들고 있는 오른팔이 아프기도 한 것
쓰고 남은 수분 배출하는 마당의 일
자연 현상 아니기에
시절 열고 닫는
반닫이, 달 뜬 처마 앞마당 수수꽃다리
적요의 여정 방출 중이다

누가 기울어진 서까래 단죄했을까

꽃망울 흐드러지던 어머니의 정원 함부로
모가지 뚝뚝 잘라 빈터로 키우지 않았다
약속이나 한 것처럼 아무개 아무시
가차 없이 생사 이력 절단한
접매화, 백합, 채송화, 백일홍, 소국
당연한 듯 당연하지 않은

이름, 이름들

봄내 여름내 열매 맺지 못한 대추나무
불사르지 못하고
꽃 필 날만 기다리셨을까 그 자리 그 터
애지중지 닦아 세운 씨간장 독
곰삭힌 시일 반증도 애증인가

저 독가시풀

고추장수 완수아지메 아직
담 밖에 서서 긴 목 뺀 채
아짐아짐, 동상동상, 이모이모!
정 한 스푼 목구멍에 올려
된장 간장 덤으로 깔고 앉아
딸그락거리는 빈 정情
안부 몇 줄 휘청, 얼버무려진
마당 깊은 집

어쩌다
가끔
아주 가끔
빈터 오가는 고양이 발톱

멀지도 가깝지도 않은 당신을
구독 중이다

2.
인적 없는 벽과 벽 사이 건너
포도시 외줄 하나 걸터앉아 북북 건너가는
거미들 사생활

갓난 울음 사라진 뒷골목
시절 한 타래 훑고 간 것인지
푸른 기세 창창한 그, 그녀들 평상에 누워
막걸리 찌꺼기에 흥타령
저 푸른 초원 위에 그림 같은 집을 짓고
실버들 천 만사 늘어놓던 희자매 장단가락
이태껏 번지 없는 서사만
밤하늘 기복 숭이던 시절
유기그릇 숟가락과 젓가락 사이
그리움도 조각조각 모태로 태어난 것이어서
처마 끝에 가만가만 국화 향 읽어나가는
문풍지 길

누가 이정표 지웠다 다시 어둠 지폈을까

도사린 상념조차 바다 포말 되어
심연에 못박는 청록 대문!
유랑인지 정박인지
울타리 터 닦던 거푸집 한 채
비워낼수록 커져가는 인기척에 기대
새들은 지지배배 둥지를 품는다

천 년 소나무

은연중 나이를 물었을까
들여다보니 굵은 나이테 필시
곡절 수북하다

제 속 비우지 않았던들 어찌 청푸른 기상
우러렀을까 문득

'유세차학생부군지묘' 갓 들어올린
봉분 곁 진사도 참봉도 아닌
아무개의 아무 날 평시 묘비명 옆
이웃 조화 훔쳐 곱게 세우고
후룰랄라 제 지낸 소주 몇 비탈에 누웠다
어떤 생 모빌로 살다 젊은 날개 꺾였을까

길 위에 서면 나그네 짐도 한 짐인가
두고 건넌 이름 붙들고 앉힌
도둑 바람만 멈춰 선다

퇴락한 묘비명 앞에 쭈구려 앉은
부엉이 숲, 고조곤히 머리 숙인 채 울어쌌고
걸터앉은 햇살

수천 넌 한 길로 선 장송 우러른다

안·주·없·는·술
종이컵만 저만치 나뒹군다

생명의 書

읽는다는 사실 읽히고 읽어야 한다는
현학적 해학적 막간 앞에 읽지 못한
서신 수북하네
쓴다는 현세와 써야만 한다는 전투적
어깨 눌림, 새벽은 천천히 건너오네
누구는 단지斷指로 통탄했을까 무엇을
읽혔을까 도둑맞았을까
쿵, 쿵, 내면의 벽 내려치는 연속적 문답
열두 자 수심 격렬했던 시대의 시대
활자판 열고 닫네
발끝에 차인 빈 깡통의 외마디처럼
달랑 쇠창살 벽 하나 기대고 우뚝 선
수많은 빌딩 숲
통유리창 밖 능선 따라 속절없이 별들만
와자작 몰려앉네

계단 많은 책, 그늘 낮은 바닥에 퍼질러
드러눕네
읽지 않고는 견딜 수 없는 온몸의 질책과
입 안 독가시
안쪽으로 치고 들어오는 군홧발 한 자락

깔고 광장은 사방 숨죽이는 것인데 그럴수록
폭발음 커져 초아로 불 밝힌 시간의 바퀴
기록 書 썼다 지우나
자고 나면 흔드는 수수만만 문체와 벌레 된 고서!
어깨 툭, 툭, 털어 제일 상좌석에 앉히네
받침 많은 잡소리인가 쓴소리인가
입 많은 것 가지치기
손상된 행보 물음 뜨네 목도하네

몇몇 갈피마다 발효시키고 또 몇몇은
손 닿을 곳 없는 지하방에 누워 습한 잠
흠뻑 취한 것인데
발췌된 메모지 속 일일 기록서 왜 가슴
끝에 창창한가
긴 호흡 짧은 서막 앞 구부러지지 않는
무릎처럼 3막 4장 에두른 휘장 혈의 書
기어코 집어 드네
의문 의협 농담 끌고 들어온 칼의 말,
사람의 혀! 나비나비 온몸 밀어 올려
간하고 절하여 다시 배접한 까닭 왜
어제의 어제 몰랐을까 이팝꽃 흐드러지고
창세에 못박힌 사유의 광장 낱낱이
키 큰 활자로 다가오네
말의 말 스미어드네

대각성, 광야의 눈

살풀이 춤사위 광야 끌어안는 새벽,

아침부터 저녁까지 길의 길
펑, 펑, 펑…풍 푸욱 풍…
부딪히는 살붙이 일체로 뒤엉킨다
희고 고운 나신 백야의 세상 꿈꾸는 중일까
세상 같은 것 더러워 일체 버리고 떠난
어느 시인의 시구절 설이설이 받아 적은 것일까

모두와 모두 사슬고리 진종일 멍때리는
딱, 그 찰나刹那 기하급수적 눈의 눈!
雪, 雪, 폭설 종은 울리고 종을 울린다
희고도 멀건한 난분분 통유리창 안에
에둘러 앉아 찻잔 깊숙이 젖어든
4막 5장 시나리오
오래 묵혀 급랭했던 시사 휩싸인다
딱딱한 가래떡 닮은 오금들 하시절
바둑을 두는 것인지
오목을 두는 것인지
"아생연후살타我生然後殺打!"
각각 멋, 맛 드마시며 길은 왜 길을 묻는가

누군가 발디딤도 허용치 않겠다는 듯
횃대도 없는 허공 속 저 큰 날개 휘저으며
공중부양이라니!
더는 부풀릴 수 없는 제 속엣 것 몽땅
내려놓음인가 어쩐가

손발 시려운 미생
지나가고 지나가고 지나가는
길, 그 많던 고양이와 서정서사 타고 흐르던
나타샤는 다 숲으로 갔을까
싱아 사라지듯 배고픈 두부장수
방울 소리 아득하고
발끝에 차이던 19, 22, 25공탄 소식
고구마, 밤 따라 나간 지구의 궁금한 모퉁이들
그러거나 말거나 순댓국집 굴뚝 연기
동동 동 온기 띄우는 날
지워진 이정표 경계 밖
인적없는 도로망만 훤한 것인데
자유자재 눈과 눈 슬립 백 춤사위와 꽃놀이패
천지 곤곤 눈 나리시고 눈은 나리시어
골목 귀퉁이에 막판까지 걸터앉은 희미한
"찹싸알 떠어억!~"
서정 몇 스푼 눙싯 얼음이 물 뇌는
광경, 광경의 시선이라니!

이쯤 어린 손발 통통 뛰어나올 법한 것인데
지붕 넘나들던 검은 고양이 무응답 쿵쿵
개 짖는 울음 하나 없는 이 정적
시방 어느 은하인지
어느 광장 소리 없이 뭉치는 백색 외침인지
눈 위 눈, 눈 아래 눈
허공에 펼쳐 올린 날개 치어다본다

눈

꽃게와 랍스터

속 꽉 채워 출항할 날 꿈꾸다 지상에
보란 듯 전시했다고
가을 제철 햇꽃게 번쩍 들어 선보이는
마트 점장, 힘주어 불질한다

금어기 종료 전 튼실하게 출하된
서해바다 꽃게와
아메리카 대륙 거쳐온 랍스터는
무슨 상관관계일까
여름 막바지 수컷의 살 통통하게 차오르니
방금 태어난 듯 톱밥 전신 생생하다
날카로운 발톱 바다를 드러낸 채
두 생 나란히 좌판대 위에 올려져 살아온
생 가차 없이 저울질한다

원치 않는 굴레에 발목 걸렸던 것일까

내일 일 누가 장담할까
그 많던 황소개구리가 식용개구리 되어
냉동 4kg에 13만 원 15만 원 가치로 내걸렸다
외래종은 빠르게 번식하고

알레르기 유발해 말썽임에도
먹이 사슬, 사람의 입
맛 하나로 번식성 생태 집어삼켜 버리다니!

치열한 발버둥도 한때인가
불 끝에 제 몸 닿는 순간 바다를 잊은 듯
더 희고 고운 살 드러낼 터
산 채로 톱밥 박스에 물의 길 실려 오기까지
파란만장한 시일 눈에 선하여
차마 한 입 거리 내 입속에 몰아넣는 호사
주춤거려진다

캐논, 칸타빌레

태초 모난 것들일수록 제멋대로
갈라터졌을까
휘어진 산허리 꿈조차 조각구름 모서리 끌고 다녔을까
궁금함은 묘한 구슬이어서
실 끝에 꿰기 전까지 함부로 정착하지 않는지
모른다

공중 부양 수억 번씩 실존시키는
벌새 떼 날갯짓
쉽게 걷는 걸음 어디에도 없다.
대강의 모두에 대하여
생은 왜 깨진 거울만 들고 서성거릴까
밤새 쓰레기통 뒤지는 길고양이들
눈앞 먹을거리 놓고 쌍불 켜며
발톱 들썩대는 송곳니 종종 목격했다
밤마다 그 길고양이 제 품에 안으려
애정 공세 펼치는 청년
늘 밥만 뺏기고 돌아갔다

내 것이 될 수 없는 것들에 숨 가쁜 손발
주차된 엔진의 달궈진 부피와 속력만큼

하루 해 중천에 걸린 것인데 어지러운
그림자 측면 에돌아 올망졸망 모서리 읽히는 골목
껍데기만 단단한 진열과 장식
찔러도 피 한 방울 흘리지 않는
과즙 가득한 감성의 그늘에 대하여 나는
문득 경이로웠는지 모른다

흥정하는 여우나 늑대, 때로
피가 나지 않는 상처 있기 마련이어서
격렬한 운율 파장 목격하기도 하는
생의 파노라마
태초부터 주어진 사명 필사적으로, 치열하게,
꽃과 열매 어떻게 피워 올린 것인지
친절이 나비, 나비 된 것인지

손톱 밑 딱딱하고 검푸른
상가는 늘 *바쁘게 대답한다*

푸른 회상

인적은 간 곳 없고
휑한 거리마저 바람 한 점 없는데
눈이 내리네 숨죽이며
가만가만 밤하늘 은하수 되어
눈이 내리네 발자국 위로
달항아리 깊숙이 쌓여만 가네

고속도로는 말없이 흘러내리고
급행열차 예약할 자리 하나 없이
달아나는 적요
문밖 나서지 못하는 환자같이
딱딱하게 굳어가는 마음 근육은
어디로부터 건너오나
부러지고 깨지고 금 간 흔적 역력한
쉼은 공간입니까
수면입니까
안식입니까
갈대나 억새도 내게는 무익한 흐름인데
질문 받아직을 수 없는
표정 잃은 희디흰 얼굴들, 들판 가득 펄럭이네

오던 길 다시 걸어 보네
11월에 떠나는 작별은
멜로디 선명한 노래 될 수 있을까
붉고 푸르던 절기 내일은 백설로 눕겠네

4부

생성과 소멸

숨비소리

고래가 되었다
일어설 수 없는 중증 소아마비같이
피어나지 않는 밤 무서워
후미진 곳에 쭈그려 앉힌
병든 생
술 취한 지아비 일으켜 세우느라
아낙은 시뻘건 막창에 전생 밀어 넣고
고무다라이 가득 배고픈 설움
실어 가고 실어 왔다

어쩌다 딱 마주친 첫눈
진흙탕에 발목 빠트린 일밖에 없다는
그녀, 전신 휘감친 어루러기
평생 횡단보도 없는 자갈길 건넌다
대낮보다 칙칙한 어둠 더 편하다는
밑바닥 생
소리 없이 파고든 날렵한 지느러미는
어떤 고락 실어 나른 저수지인지
눈먼 수심 퍼 나르느라
밤을 낮 삼는다

일생일대 손잡고 건너본 적 없는
앙칼진 부부의 연
떠나보낸 날도 빈 소주병 켜켜이
사내 곁에 있더라고.
육십갑자 지난 후 포도시
한숨 내쉬며 쓴웃음 짓는다

저런 시절 소금밭에 퍼질러 앉힌 목울음
끝끝내 버팅기던 자존의 힘 빠짐
애초 물 흐르듯 흐를 근원 아니었던지
또아리 튼 함지박 이고 지고
낮밤 없이 좇아가는 공사판
더는 기다려 줄 이 하나 없는
다 늙은 저녁

떠나가는 그림자

건너온 횡단보도
문밖 숙제, 아직 열쇠를 찾지 못했네

기다려도 오지 않는 약속같이
감았다 떠도 깊이를 눈치채지 못한 속눈썹같이
심안 뒤척이는 여정

앉을 자리 설 자리 망각한 이들
뒤태 삐걱거리고
중심 잃은 뱃바람 한 잎에도 흔들리네
우리는 지금 어디쯤 어떻게 건너가는 중인가

씻어낼 수 없는 광장의 술렁거림!
깊게 드리워져 휘어진 그림자 길 위에 누웠네
꺾여버린 희망은 혼자만의 기도였을까
괜찮다. 괜찮다 포장해도 누군가는 울기
마련인 것이어서
슬픔은 노래를 그리워하는 것인지도 모를 일

흩어진 발길, 변명에 휘둘린
가시 활자판 조석으로 허공 날아오르네

밟힐수록 생명 들어 올리는 민들레 개망초
시방 길길이 꽃몽 들어 올리는데
어디서 밀려 들려오는가

"콩 심은 데 팥 나고, 팥 심은 데 콩 났나요?"

명이 비름 매운개 냉이 이질 싱아
다 어디로 갔는지 혹간 모여 사는지
부풀어 오른 갓 구운 빵처럼
어제와 오늘
21세기 빅 뉴스는 이스트라네

추鰍, 지나간 것에 대하여

1.
꽃 3월 오고 섣달 떠나는 길목처럼
널 만나고 헤어지는 시간 길거나 짧았지
3분 전, 막차 다가오는 그 순간
단박에 뛰어 내려가던 계단처럼
기억은 비틀거리거나 왜곡될 수 있다지?
강의 후 홀로 걷는 운동장같이
광활한 천궁 뚫고 나온 햇살 치어다보며 걷는
길은 안개나 는개로 혹간
소나기나 폭풍에 가려지기도 하므로
가방 무거운 거기 너,
참
아득한 존재야
고의적으로 두고 떠난 칠판과 책가방, 텅 빈 교실
그 막과 막 사이 훔쳐보던
키드득거림의 심령은
고발 조치할 수 없는 용서만 답이었을까
의도적인 너 달팽이 속 같아서
교만은 썩지 않는 이별일 수 있지
높은 힐과 키 큰 지팡이, 컴퍼스와 예리한
면도날 대하듯

114

각기 색깔과 신발 밑창 다를 수 있어서
슬프나 슬프지 않지

오래된 서랍장 뒤지듯 파고드는
시선의 각, 너는 몇 *kg* 몇 *m*쯤
길을 건널까
잡부스러기 허다한 세상
금방 앉았다 일어선 자리,
푸욱 꺼져버린 싱크홀은 무엇
반추일까

2.
돌이켜보았지
시간 절단하면 어둠도 잘려 나갈까
오래 헐어버린 밀리미터 관행
거미줄 인연
딱딱하게 굳은 손가락질
종강 파티 운동장에 부비고 서서
두 무릎 꿇고 박힌 못 빼주겠다며
용기 낸 가을날의 너
비열하게 얇아진 네 망막 자세히
들여다보았지
그러나 그리하여 그러므로 그럴 수밖에 없는
그러한 까닭에 대하여 유리막 안과 밖 형체
머뭇거리거나 서성거렸지

따가운 진실 증거에 대하여

거절할 수 없는 악수
용서는 사랑보다 어렵다는데

감동 없는 자가 뿜어내는 웃음은
더 소름 끼치므로
너는 참 도도하고 잔인한 뿔을 좋아했던 거야
포대 뒤집듯 내밀한 질척임
사과꽃과 매화와 매실 배꽃도 네
오감 지느러미 자극하지 않는 듯했어
어느 문예지 속 두루뭉술한 네 수필
자존심 벨벳이나 바벨탑이기도 했을까?
러브레터와 B 사감 눈빛
비대해진 오만과 교만 경계에 세운
네 가방
무거워 보였지 오랫동안

놓쳐버린 버스며 기차
그 너머의 까무룩한 풍경같이
자랑삼았던 어깨 놀림과
매번 나이 어린 아이들 손 붙잡고
변신하던 피노키오 코, 펜대 굴리며
모자채양 더 깊이 더 높이 들어 올려
신의를 한 키에 공중 분해시키던 수상한

표정, 관이 높은 자들에게만 눈웃음 짓던
그 선량한 위선
건들거리는 휘둘림은 혼자만 열 수 있는
판도라였는지 몰라
막춤 추며 아쉬운 듯 서먹한 손 흔들며
내내 내게 수줍게 눈웃음 짓던 부끄러움
참 송곳 같았어

늦은 강의실 밖,
계단에서 주루루룩 미끄러졌던 발
강의실에 눈 흘기며 버려진 발목을 들고 다녔지
돌아보면 아주 차분하게 제자리를 지키던
너는 내게 부끄럽다며 울었지
신은 독사의 독 빼낼 때까지
잠시도 한눈팔지 않으심을 알고 있니?
너의 눈물 고백 고마워
안녕! 친구

3.
이름 석 자 기억하며
맨발로 진실 앞에 선
너는 인물 • 사건 • 배경 서사의 강 따라
호올로 지나치는 머나먼 열차인 게야
심령에 못 박고 뿌리 흔드는 일은
얼마의 크기와 넓이로 용서받을 수 있을까

너는 항상 내게 물었지
지나간 것에 대하여,
있으나 마나한 존재의 존재에 대하여
네가 건너온 바위와 자갈과
조약돌의 모래알에 대하여
너는 유치원생이나 초등학생처럼
댕댕거렸지

혈기의 칼은 심령 칼집에 꽂으시게나
닭 울기 전 세 번, 믿음 부인한 베드로나
은 30냥에 양심 목매단 가룟 유다 같이
무릎은 그렇게 아무 데서나 굽히고 꺾는 것
아니라네

이보시게! 눈 뜨시게나
날 저물어 가네

불의 토네이도

눈 덮인 히말라야 어디로 떠나는가

19,000m의 루앙 화산에 시방 무슨 일
일어나는 중인가
해밀턴 사람들 직시한 개기일식은
무엇 알리는 신호탄이었을까
하늘의 해파리 현상
스페이스 X가 팰컨9 로켓 우주로 발사한 결과와
고래의 꼬리 바다 위로 들어 올려진 이유에 대해
귀 열어둔 이 누구인가
아이슬란드 하늘에서 유상과 결합된
오로라를 볼 수 있는 아주 특별한 기회처럼
거대한 모래 토네이도가 20년 만에 가장 큰
모래 폭풍으로 인한 전갈과
이스키팀카강의 이상한 색 변화는 과연
오염 일깨우는 환경 될까

비마샨카르 야생동물들과 생물발광
공중 부양한 얼음 결정의 반사
마더 시프턴 동굴
바다에 뒤엉킨 회전초며 백화된 산호초

시방 어떤 신호탄 전송 중인지
아는 자만 느끼는 지구 전체의 일

조수 상승과 하강 숲의 자연 현상
비틀비틀 대지 위로 밀려나온다

꽃가루 많은 나무 밑에는
누구라도 앉으면 안 되는 이유 있어 아직
읽히지 않은 자연책 시종
지구로 쏟아지는 구름조차
거대한 폭포수로 보인다는데
까마귀가 무슨 말 하는지 들을 수 있는 사람만 들어
술 취하지 않는 지구의
유일한 정신 될지도 모를 일

번개가 지면을 쳐 깊은 구멍 만드는
토르의 우물 같이
낮은 습도 때 찾아오는 곰팡이 같이
천지 가득 빗물이 춤추고 하수도마저
폭포수 되는 실종된 세상
문득 등골 오싹한 그림자
차차 날 어두워지는데

세상의 온갖 거푸집,
무엇 위한 건축물인가 밀려오는
불의 바다

수억 번 죽었다 피어나는 신화

1.
살아 있는 발이 神의 방에 들어갈 수 있을까

오래 이야기 나눌수록 귀 닫는 사람과
단 세 마디로 더는 나누고 싶지 않은
이웃한 세계관과 잠시 잠깐 맞부딪혀도
무게와 가치, 의미의 날개 피워올리는 백합화와
보고도 앞 못 보는 눈 뜬 봉사와
향기 없는 장미 호모사피엔스 심장 매단 자
한 생 뒤집고 엎어봐도 알맹이 없는 자루 속
직립보행 보폭
바닥에서 우듬지까지 딱, 한 곳만
뚫어져라 기진하며
직진하는 비거리 시선
좁은 골목길 오가며 8차선 도로 위
화이트 횡단보도 찬찬히 훑고 내려가는
철도청 완행열차 은륜과
달리는 차와 차 사이 건너뛰는 심장 보았네

몇 분 전 로드킬 당한 노루 가죽 위로 짓깔린
수수곡절 바퀴 흔적

숲의 전언에 얽힌 뜨건 핏자국
동전 앞뒷면처럼 탄생과 소멸 그림자
우주 모서리에 아라비안 모자이크로 착상되었다네
너는 어디쯤 돌고 도는 나사못인가
새의 목구멍에서 갓 튀어나온 울음
더는 먹을 수 없는 것에 대한 청산가리
사슴 주검에 대하여
몇천만 니터에 대한 이전 안부
의혹은 어떤 의심의 불시착으로부터
끊임없이 접근 중인가
알면서 알지 못하는 삐딱한 골목 안
빛과 어둠
기도란 정결한 심령 속에서 폭발하는
기적인 것인데
독수리 날개 달고 달음박질치듯
과감히 끌어당겨 비상시킬 수 있을까
신의 한 수!

2.
소망을 간구하는 손은
흩어진 영혼의 떨림 시종 포옹한다네
당언힌 불행이란 아무것도 없으므로
들판 광장의 외침과
천궁의 별자리

사유는 줄곧 모락모락
새벽으로 피어나지
빛이란 짙은 어둠 모아 잠든 눈 뜨게 하는
곰삭힌 서사적 울림이기도 하므로
바흐의 평균율이나 모차르트 베토벤 혹간
림스키코르사코프 사라사테 쇼스타코비치 소나타
운율에 맞춘 제 오장육부 소생시킨다네

읽지 못하고 읽히지 않는 장단

꽃 필 수 없는 나무
꽃 피우는 사실적 봉우리와 뿌리에 대하여
길게 연모하기도 하지
믿음은 들으면서 깨닫게 되는 신앙이어서
달빛 흐르는 월광,
G선상의 아리아도 감사의 운율이라네
차가움은 따뜻함으로
부정은 긍정의 수레로 뒤바꾸는
몇 분 후 일어날 불확실성 확률에
대하여, 늘 누군가를 두드린다네

물 위 베드로가 궁금한 발밑 내려다볼 때
보리개떡 다섯 개와
물고기 두 마리의 이적만 암송했을까
깊이 알 수 없는 수심 내려다본

불신, 닭 울기 전 세 번 부인한 미필적 고의
회개의 통곡 끝에 십자가 사건 시인했듯
금세 잡아먹히는 생각 아가리에
두개골 들이밀고
존재되거나 삭제당하는 기록!
하면, 상처는 더 큰 상처 잉태하고
출산하는 것일까

희망은 오늘도 토닥토닥 노래하네

3.
지혜란
태양 중심에 눈 맞추지 않는 것
그리움은 달빛이요 창살인데
인간 창 속으로 들어가
일산화탄소 환경 완벽 통제할 수 있을는지
모난 돌 푸른 초원 아래 누인
쓰러져 가는 생명의 희망은
믿음 위 부활이라네
머물다 떠나는 공중 나는 새들과
저 들녘의 생물과
숲속 벌레들 이야기 사이로
짓눌리며 잠드는 수천 피트 물의 희롱
억만년 흘러가고 죽어가는 철철의 절기 유흥

다시 유랑하는 세상
소돔의 땅 거울로 반사되네

쉼과 쉼 사이
밥 짓는 향
뜸 들이는 가마솥 은근한
호흡, 푸르게 쏟아내는 소나무와 호수
눈 달린 자작나무 위
바람과 구름, 햇살 그리고 초가 위 눈雪
휴休!
평생 흔들리며 기도하는 인생
우리는 지금,

응급실

진종일 분주한 생은 어디로
미끄러져 가는 중일까
목숨 한 줄 링거에 매단 채 살아온 흔적
촬영히기 바쁜 기사들과 긴 복노와 부시로
대기하다 뛰어 들어오는 앰뷸런스 신호와
산소 호흡기 넘어 불편한 변기와 면도기
변신 가능한 침대와 25시 자다 깨는 비상벨과
주삿바늘이며 수술기, 위생거즈와 소독제
휠체어 사이 약봉지와 체중기 흰 가운 간호사
봉사단간병사 보호자실 성경과 간헐적
기침이 불러세운 호출기

몇 분 후
119 요원 따라 중년 남자 들어온다
아무 일 일어나지 않은 것처럼
낯빛 생생한 그가
바로 내 눈앞 침대에 누웠다
그때까지
몸 안 열쇠 내려놓고 기쁜 숨 돌렸을까
간절히 귀담아듣는 이 없어도
고통의 전갈 전송해 주겠다는 친절서비스에

중년 사내 입 꽉 다문 채
수신호만 전달한다

전날 버려진 사고 소식 뒤늦게
고속도로 갓길에서 구제된 것인데
번지수 알 수 없는 귀향했을까 떠돌았을까
심폐소생술 한두 번으로 그의 생
끝장낼 수 없는
휘장, 허물어진 갈비뼈 더는 손댈 수 없어
깊은 잠 지켜보는 간호사
무기력한 이별은 쉬운가
유족의 발보다 빠르게 골든 타임은
흘렀다
십여 분!

사노라 빈손 휘저으며
허공 더듬었던 것인지 치열했던 것인지
신원 확인 가족 관계
모른다 입 꽉 다물고 내내 거부했던 환자
뒤늦은 통곡, 벽을 친다

흔들어도 깨어나지 않는 긴 잠
이렇듯 명백한 실황인가
장거리 운전 중 쓰러졌다는
원인 해명보다

충혈된 유족의 눈 금세 설움도 지워지고
오래 머물지 않는다
길은 막혔을까 패대기쳤을까 혹간
방향 상실로 급회전했을까

예약 없고 순번 없이 떠나는 이별 눈물은
태어난 시간보다 짧다

불새

고층 빌딩 위 몇 마리 새
전람회의 그림 1악장 연주 중인가
피뢰침 점거 중인 꼭짓점 경계는
아득아득 술렁거린다

역동적 혹간 파상공세로 치고 오르는
바람 향방 따라 동전을 양손에 꽉 쥔
티케*, 코르누코피아를 쥔
풍요의 뿔 신화의 날개 달고
어느 지상 목표 향해 착륙했을까
고공했을까 과일과 곡식 흘러넘치는
구부러진 염소의 뿔 손에 쥔
제우스의 유모 요정 아말테이아가 된
상상의 나래들

눈치 빠른 비밀 열쇠 얻으면
어둔 뒷골목도 기적을 불러오긴 할까
초야의 곡식과 채소, 24시 틀 속에 박힌
삼시세끼는 계시록 말세 증명될 때까지
회전의자 안 곱디고운 의식주로 붙박여

너는 달의 주기 닮아 일용할 양식의
뜰 안에서 누구를 위해 메조 스타카토로
기도 중이니?

주문하지 않은 오배달 택배나 음식처럼
번지수 없는 이별이야기 틈틈이
밀고 들어온
뜬금없는 죽음의 맨홀 소식
수챗구멍에 숨어 사는 쥐새끼들의
만찬 광경 끔찍하다는데, 주검은 왜
그들을 찬찬히 기다렸을까
차마 버리지 못해 꼬깃꼬깃 구겨 앉힌

서랍 안 사랑 휴지같이
진정 공회전 없는 안전한 자전과 공전일까?

바다와 육지는 언제까지
안전한 자유를 보장받을지

녹 · 조 · 의 · 바 · 다 · 에 배 띄우고
누가 유흥하며 흥얼흥얼 노 젓는가

3.14 원주율 밖 파이π 불야성 우주는
매양 1도씩 불타는 태양의 아웃사이더라는데
회전문 안 깊숙이 박혀 사는 우리

목청 높인 카나리아로 우쭈쭈 노래 부르네

비상 꿈꾸는 손 • 발 •

*티케
-그리스 신화에 나오는 행복과 운명의 여신(女神). 날개가 달려
있으며 왕관을 쓰고 홀과 풍요의 뿔인 코르누코피아를 쥔 모습
으로 나타남.
-로마 신화의 포르투나(Fortuna)에 해당함.

벽(Wall)

대부분 등 뒤에 귀와 눈 달려 있다지?

AI 세계와 달과 우주
오랜 시간 길들여진 틀과 실늘여진 말버릇과
제멋에 겨운 걸음걸이,
지팡이와 허리띠, 안경이며 모자
부유한 몸뚱이는 뚱뚱한 정서로
변질되곤 하므로 알 수 없는 미래
장벽 위 넝쿨 치는 장미 따라
성벽 기어 오를 필요있을까

비만한 고깃덩어리 한 점씩 썰어
어금니나 송곳니로 잘근잘근 씹어 삼킬 때까지
육포를 매양 자잘이 찢어 먹으며
소화 불량 염려하는 비만한 21세기 삶
웃음과 유모어로 비껴 건너기에는
너무 슬픈 56만 4천 명* 젊은이 거리를 떠돈다

편리한 대로 맘먹은 대로
갓 먹을 따 가마솥에 앉힌 옻닭이나
토종닭처럼 일상 뜨겁거나 차갑게

길들여진다는 게지
세상 밖으로 누구도 소환하지 않는 것일까
가지 않는 길
한 장소에 오래 머물수록
재건축 재투자 꿈꾸며 붙박여 살기 마련이므로
주어진 24시 부정과 긍정, 실패와 성공,
블랙홀 속으로 미끄러트리기도 하지
모르고 손 내민 개미 주식처럼
알면서 눈 감아주는 법에 대해 우리는
아주 익숙해졌던 게야

정해진 자리 아닌 시계는
고정관념 틀 묵은 딱지 없게 되는 게지
불법 차량이나 예고 없이 들이닥친
폭우와 우박에 붙들린 백미러처럼
벽은 그렇게 다 자랄 때까지
장돌배기 노른자 터 싸움하듯 피 터지게
제 자리 고집하며 쌓는 장막인 게야
계단 많은 울 밖에서 미끄러진다는 것
돌아보면 등골 서늘하지

예상치 못하게 튕겨 나오는 인생 타액
간질간질 목구멍 가래로 은근
제동 걸리곤 해

반증의 거울

폭과 폭 알 수 없는 정전된 장벽
일제히 주목하는 이유
바닥을 알면 스프링처럼 차고 올라가는
비상계단도 보이는 법

아야! 수먹 불끈 쥐고 푸른 피로 일어나 걸어라
네 안에 벽 깨부숴라

*통계청국가통계포털: 2024년 8월 젊은 층 실업자는 56만 4,000
명으로 집계

말할 수 없는 것들의 풍선

바람 분다
길은 저만치 응앙응앙거리고
수많은 입과 귀
짙푸른 하늘만 치어다본다

사거리 마악 잡아돌아 횡단보도 건너건너
교문 앞에 쭈그려 앉은 다 낡은 자전거 한 대
누가 두고 건넌 길일까 쉼일까
녹슨 시일의 그림자만 하염없이
은륜 휘감친 것인데
낮과 밤 칠흑 같은 경계였을까 행여
정수리에서 발끝까지 두고 건넌 사유
손끝 망설임은 온도 차로 그만
주저앉았을까 앉혔을까

우두커니 동구 밖 바라보는 폐교 안
페달, 인기척 하나 없는
동선 밖 쥔장 기다린다
곯아떨어진 낙엽송 우부룩한 그림자
심박조차 놓쳐버린 바람 어깨 들먹임은
무슨 경계인지

오래된 포대자루 뒤집듯
미아 된 시간 정체 당최 알 수 없으므로
아주 느리게 천천히 걷는 것처럼
비통하게 무겁게 더디진 않게
시나브로 걷다 이내 멈춰버린 손바닥
실장갑 한 켤레 불청객으로 우두망찰
기대앉았다

얼어붙은 발과 허옇게 내려앉은 뒤통수
페이지를 넘기다 잠든 잠꼬대처럼 몇몇
목록 놓쳐버린
어제의 일 오늘의 길 더는 읽을 수 없는 운동장

시방, 바람은 분다

치유의 방

몇 번인가 정지된 생 마주했다

운명은 재천이요 이별은 찰나인가
절반의 장례 행렬, 질문과 곡절 종국에 모두
시한부 인생이다
어디서 무엇을 어떻게 기억하고 발산하는지
크기와 넓이와 높이 더해진 생사 부피
수심 잠긴 얼굴 기약 없이 들여다보는
무딘 산소 호흡

이것이 삶의 목록인가

목 가시 빼내듯 살아온 시절 다 퍼내
수혈해도 심장만 간지를 뿐
들숨 날숨 점검조차 불가능하다는데
무단 침범한 세균 덩어리 토해내느라
간밤 내내 아픈 통증 뼈와 뼈 사이
가쁜 호흡 거둬간다
이미 환자의 심혈관 깊숙이 못박힌 수면
흔들어도 기척 없는 병명은 함부로
시퍼런 메스 들이댈 수 없는

혈의 書 덜커덩거린다

괄약근과 발가락 신경에 이르기까지
좁아진 생의 문, 살아 호흡하기를
죽을힘 다해 쏟아냈을 것이다
단전에 숨 잔뜩 불어넣어 이승 길 부풀린
마른 뼈 행간, 수많은 문장 들쑥날쑥
잠을 설친다
손가락으로 가리킨 달보다
손가락만 바라보는
시선, 흰 가운과 예리한 메스와 호흡의
드라이브라인은 생을 회전시킬 수 있긴 있을까
혈육조차 비명 소리에 눈 감아버린
기울어진 끝단 몇 마일 몇 cm일까
아무도 닫힌 귀 열지 않는 깊은 수심
기도하는 자만 기도한다
확장된 심장 이식한 손발들 많아
폐수종 앓게 하는 불투명한 진단 목록
손사래 쳐보지만 모든 것은
찰나이므로 불가능에서 가능을 담보로
생 입원 중이다
비틀리고 어질병 나는 휠체어
분침과 시침 오간 때 책임 묻는 보장성
건강, 동맥에서 뇌관으로 검사는 진행된다
말초신경 총공격하는 세균의 무참한

공격 막기 위해 나는 얼마나 비장한가
생명에 영롱한가
벌떡거리는 숨소리, 나의 나 수호하는
암호형 병상 일지

관 좁아지는 것일수록 왜 사랑은 필요한가

아차 하면 일시에 생략될 심혈관
하루는 시한부다
조율할 수 없는 원칙과 진실 체크하는
청진기와 주사기에 대하여
중환자 중증환자 일반실
모든 침묵은 금이 되는 까닭
아무도 궁금해하지 않는다
예측할 수 없는 잔기침
줄곧 불규칙 저녁놀 몰고 다닌다

가슴에 귀 대고 엿듣는 수면,
24시간 인공지능 생 회전시키면
자유롭게 호흡은 널 뛸 수 있을까?
썩지 않는 기억 한가운데 설치는 잠
하루 한두 시간 내 몫으로
하늘과 땅 연이어 잇댄 충전이라니!
신음하는 갓길 먹먹한 것인데
내일 일 모르고 서서 기도하며

눈치 재는 가식적 뒤통수보다
마주 잡는 우리 미소 은혜 충만하다
습기 찬 호흡 불안 사라지고
생 환치시킨 날

가늘어진 링거의 수량
백색 암막 응급실 침대 모서리
창백한 심박수 고요로운
다 늦은 저녁, 유체이탈 붙들어 앉힌다
깃발 들고일어나 빛을 발하자 그대여,
천국은 침노하는 자의 것이니! (마11:12절 말씀)

생성과 소멸

수렁 깊은 발뿌리 수심 헤치고 면벽 끝에
이승 길 꽃피운다

왁자한 인파 제 갈 길 바쁜 것인데
쉬이 알 수 없는 수심 뼈째 삭여
바랑 향 실어 나르는 오후
연잎 수레 타고 구멍 뚫린 시절 한 잎 두 잎
철새며 텃새 지저귐 없었을까마는
몇 번씩 고개 들었다 이내
다소곳 술렁이는 잎맥
풍파 견딜 만큼의 둥근 세상
잎자루 크기와 부피
파랑치는 물관
투욱, 발가락 하나 밀어올린다

치열한 길 위로 턱을 반쯤 끌어올린 것인데
지구상에 떠도는 굵고 짧은 생 어이 없겠는가
피다 만 생사와 피기 전 시들한 식물들
찬연한 호흡, 마디마디 머금은 초초 생기라니!
바람 한 손 구름 한 술 햇빛 몇 자루
느닷없는 장대비 백련포 위 돌고 돈

우주 흔적 역력하다 이태껏
진흙구덩이 오욕의 일상 초아 도량으로
끌어안았던 것일까
느티나무 아래, 살찐 얼룩고양이 어깨
나른한 오후
나비와 벌은 어쩌자고 가장자리로만
뱅뱅 겉도는가
열나흘 여백 없는 딱딱한 폭음 아래
시절 내 목마름 버팅긴 해면질 연녹색
둥근 세상 펼친다

객지 사람들, 표류하는 시선의 뗏목 따라
나중 피고 먼저 지고 먼저 피고
나중 지는 연지蓮池
젖과 꿀 흐르는 가나안 땅 아득하여도
천지에 찍힌 족적 끝끝내 무명한 이치
들어올린다

심연과 실존의 존재론적 시학

　시를 어떻게 만날 것인가 라는 문제는 비단 창작하는 필자에게만 주어진 과제 아니다. 특히 삶이나 문학에 있어서 주체와 객체의 소통은 매우 중요한 부분이라 말할 수 있다. 사물을 대할 때 수사적 측면 뿐만 아니라 감정의 절제와 관조적 어조, 태도, 열정, 분출의 다양한 이해와 개념은 시적 이미저리imagery로써 작용하기 때문이다. 대상의 주관을 쉬지 않고 객관적으로 냉정하게 바라보고 자연의 이법理法을 분명하고 예리하게 통찰하는 자세는 충족되어야 할 필수적 요소다.

　감정이나 정서에 모체를 두지 않은 추상적인 사고나 이념은 시詩 속에 살아 있는 이미지image로써 작동해야 한다. 시에서 중요한 것은 논리적인 사고로부터의 출발이 아니라 구체적인 심상이나 정서와의 어울림으로부터의 출발인 셈이다. 오래된 형식이나 새로운 형식으로 어떻게 시를 열어 갈까. 문득, 내가 전시할 때 서예로 내걸었던 '정관靜觀'이라는 말이 떠오른다. '조용히, 깊이 보고 깨닫는다'라는 의미로써 이를 뒷받침 할 수 있는 단어가 '관조觀照'다. '관조'라는 사전적 의미망을 살펴보자면 '관'은 '본다觀'의 의미망을 구축한다. 여러 각도로 생각할 수 있겠지만, 단순 '본다'라는 의미망 만은 아닌 것이다. 감각적 눈으로 볼 뿐만 아니라 그 내면의 본질을 제대로 인식하고 꿰뚫어 보는 관찰과 섬세함까지 내포된 깊은 말이라 할 수 있다. 마찬가지로 '조'라는 의미 역시 '비친다照'는 의미를 형성하며 삶을 인식하고 그 삶에 비춰 생각한다라는 심오한 뜻 담겨 있는 것이다. 생각없는 글은 생각없이 만드는 음식과 크게 다르지 않다. 그 재료에 맞게 풍미를 느러내야 할 것이며 담는 그릇과 장소 역시 그 이미지를 상기시켜야 한다. 그밖의 넘치지도 모자라지도 않는 최상의 독창적 요소요소까지 담아내야 한다는 것은 말할 것도 없다.

1.
-그러므로, 인생이란 기도하는 무릎걸음으로
태초에 거부할 수 없는 성령과 물과 피로 고백하는

길 하나 건넜지요 약속도 없이
차마 걸어 들어가지 못해 은륜의 힘 기대
조금씩 등 떠밀려 들어섭니다
굴렁쇠 마냥 구르는 것도 잠깐이요
스치듯 사라지는 햇빛 아래 안개는 이슬인데
등에 칼 꽂는 손 돌아나오면
인정도 외면만큼 뼈 시리게 아플까요?
가민 눈 감고 물어보았습니다 반쯤 열린
미닫이만큼 시절도 열렸을까 싶은 날

—「그 집 앞, 노송老松」 부분

가장 중요한 것은 그것을 담아내는 필자의 진실일 테다. 따라서 실체를 제대로 파악하고 공감할 때 감동의 시너지는 확장된다. 이때 감정을 쉽사리 분출하지 않고 담담하게 표출하는 형태가 독자와의 소통 측면에 효과를 발생시킬 수 있다. 필자 역시 객관적으로 그것을 깨닫는 자로서의 입장이기 때문에 불필요한 흥분이나 감정을 쉽사리 분출하지 않고 차분하고 담담하게 드러내는 형태로 의미망을 구축하고자 한다. 이에 '관조'라는 말 자체가 단순하게 이해될 일은 아니다. 삶의 이면을 들여다보는 것, 사물을 널리 통달하는 관찰력, 달관, 성찰은 세속적인 일에 흔들리지 않는 경지나 높은 안목으로써 정신적 경지를 이루는 측면 적잖기 때문이다. 따라서 '통찰' 역시 '훤히 꿰뚫어 보다'라는 뜻 내포하고 있어 '관조'와 같은 맥락에 닿아있는 개념으로써 수용되기도 한다. 어조와 태도의 의미 분명 구별되어야 함도 배제시켜서는 안된다. 태도는 명사로써의 의미를 지향하고 있지만 삶을 진지하게 대함과 관조적 언어를 넘어서는 부분이라고 말할 수 있다.

　살았는지

　죽어 누웠는지

　살다 죽었는지

　오던 길 되짚어 들여다보는

　시선, 바닥에 붙은 두려움 클수록

　안온한 빛 품는 간절한 기도는 은은한

　북극성이지요

- 「관」 부분

당신은 안전하십니까

로드킬 당한 고라니 두개골이며
이빨조차 뭉개져 멈춰선 호흡 들여다보는
시야는 르포인가
생성과 소멸 그림자 줄줄이
돌이킬 수 없는 노을 속으로 내달린다

-「지금, 당신은 안전하십니까」 부분

인간의 영혼 즉 정신학적인 측면은 각각 대극, 대립적인 요소로 구성되어 있는데 쌍방의 격돌을 의미한다기 보다 오히려 조화를 이룬다는 측면을 말한다고 볼 수 있다. 사람의 외관을 관찰할 때, 단순 의복을 잘 입은 것으로만 잘생겼다고 하는 것 아니듯 건전한 정신이란 조화와 균형을 이룬 상태의 심성에 준한다. 이는 내재된 정신적 측면을 말하기도 하는데 집단무의식, 콤플렉스, 그림자, 페르소나, 아니마와 아니무스 등의 개념이 이에 속한다. 인간의 In Side, Out Side 즉 내연과 외연 측면은 사물을 관찰하거나 보고 듣고 느끼고 표현하는 상황에 있어서 매우 중요한 의미를 갖는다.

금세 잇몸 사이로 말풍선
그 버릇 그 표정 누구도 귀담아듣지 않아
입마픔노 고칠 수 없는 고질병 된 것일까
너무 쉽게 참아온 보람도 없이
가슴 깊숙이 유방암은 몰려 앉았다

더는 변명조차 필요 없는 목젖 깊은 말
그녀 흘러 가고
새우버거 햄버거 치즈피자 잘 어울리는
그녀와 그녀만의 거리

-「페르소나14」 부분

시는 삶이다. 존재 속에 존재하지 못하면 그 내막을 이
해할 수 없는 것이고 이해한다 해도 뜬구름과 같다. 따라
서 관찰력과 관심을 갖지 못하면 바람직한 사회적 관계망
은 형성될 수 없다. 나 아닌 타자와의 이타 관계는 자아를
반추시키는 정서적 융합을 이루게 만든다. 그러므로 타자와
의 관계 형성은 매우 중요한 것이다. 인간적인 서사는 이질
적 정서와의 대립각이면서 융합체다. 무의식 개념이 그대로
쓰인 것은 아니지만 융의 집단무의식 개념은 현대 철학이나
문화인류학에 상당한 영향을 끼쳤다. 신화, 설화, 상징 등
내포된 의미를 분석하는 개념으로 사용된 것이다. 질베르
뒤랑, 조지프 캠벨, 클로드 레비스트로스의 저작을 살펴보
면 좀더 이해되는 측면 적잖다. 그래서일까. 〈황금 꽃의 비
밀 The Secret of the Golden Flower〉이란 책은 영성 측
면에 있어서 아직도 많은 이들의 궁금함을 풀어 주는 대표
적인 책으로 회자되고 있다.

붉은 것 하얗다고
검은 것 검붉다고
보라 아니라 파랑이라고
하얀 게 아니라 아이보리라고

88건반 두르리며 희미한 안갯속으로

물귀신처럼 끌어당길 때

쫄깃하게 씹히는 남의 집 남의 언어

아닌 것 아니라고 말할 수 없는

입, 입술

비뚤어졌을까요?

─「암막 커튼을 치면」부분

삶이란 같은 길 같은 방법 같은 방향만 존재하는 것 아니다. 수많은 방법론 중 한 가지 선택일 뿐이다. 형체도 없이 이지러지고 비틀어짐을 반복하다 마침내 하나의 동체인 달항아리를 빚어내듯 결핍과 허기의 불완전함은 완전을 불러온다. 그러므로 숨어 존재하는 시적 내면은 공공연하게 주고 받는 이야기 아닌 또 다른 속성 내재되어 있기 마련이다. 이를 다 풀어 설명할 수 없음도 작가의 의도된 바와 수사적 성향 곁들인 심연 내포되어 있는 것 아닐까. 기호학적인 측면과 상징적인 체계는 무한 상상력을 발현하는 요소이기도 하다. 수수께끼 측면도 없지 않다. 시대가 발달할수록 사색이나 깊은 성찰은 방해 요소로 치부될 수 있는 안타까움도 있다. 직설적이거나 간단명료함에 호감을 느끼는 이들도 적잖다. 급발진, 바쁜 세상이니 말이다. 따라서 개개의 사고와 감성은 천차만별인 것이다. 그러나 좀더 깊이 들여다보는 치밀한 공감과 소통, 유추, 느낌, 사색, 정서 그것이야말로 주변을 환기시키는 시적인 마력이요 매력 아닐까. 늘 익숙한 것에 길들여지면 그 역시 진솔함보다 식상한 메뉴에 불과할 뿐이다. A=B이다로 연결하지 않음 또한 그에 준한 말이다. 때때로 낯설고 껄끄러운 것 속에 숨어 있는 신선한 기호와 의미가 더 큰 환기력을 부여한다. 이들은 이질적 거리에 놓여 있음에도 상호 유기적 상관관계로써 설명된다.

마당 깊은 집.
장 선생댁 울 안에 백옥의 신부로 들앉았던
그때 그 집 셋방살이 새댁 첫 딸을 낳았지
오이장아찌 짠내 진동하던 단칸방
홀시아버지 기침소리 카랑카랑하던 그 밤
전세금 몽땅 털어 달아나버린
켠장의 작은 마누라
야반도주, 목련꽃 그늘 아래에서
우리는 아담과 하와의
먹음직한 먹었음직한 천도복숭아
담 높은 이웃에 대해 세상 눈 떴을까
            -「겨울 나무에서 봄 가지로의 초록 기억」부분

생사生死 이해하기 위해서는 보편적이고 일상적인 서사는 물론이고 합리적, 비합리적 측면에 이르기까지 세심하면서도 포괄적 이해를 필요로 한다. 정신과 육체는 떼려야 뗄 수 없는 동체다. 따라서 정신세계는 타인들이 들여다볼 수 없고 잡을 수도 없는 폐쇄된 세계라 할 수 있다. 외적, 내적 원천에 대해 보고 듣고 만지고 느끼고 맛보는 오감의 감각적 측면과 정신의 균형은 매우 중요한 원리와 재료가 혼합되어 있는 것이다.

안에서 보는 나와 밖에서 보는 너의 달항아리

아마도 버려야 할 것과 버릴 수밖에 없는 무엇

똑 닮았던 게지.

헤어짐과 만남은 어려운 공식 속 DNA인 법.

꿈의 길 찾아 누가 몇 걸음 더 빨리 걷거나 느리게

걷는 것 따위의 차이란 닭이냐 알이냐일 뿐.

- 「천 개의 달항아리」 부분 1

남녀노소 할 것 없이 한 가지 물체를 보고 생각하는 방향과 사고의 체계는 매우 다르다. 쾌속의 문명 21세기에 접어들면서 젊은 층과 노년 층 가치관은 확연히 달라지고 있다. 물론 같은 사고 같은 취미, 취향 공감도 높은 사람끼리의 호감, 가치관 똑닮은 사람도 적잖지만 말이다. 대립과 경쟁에 대해 교조적 사고를 지닌 사람도 볼 수 있다. 하면, 대립의 원인은 무엇일까. 단순 관념에 불과할까. 실체로써 수용하는 갈등이야말로 정신 에너지를 생성하는데 필요한 필수적 요소라고 생각하지 않을 수 없다. 글 속에 갈등이 없다면 읽는 재미도 무의미할 것이다. 그러므로 갈등 요소는 시적 요소를 해석하는데 매우 중요한 핵심 사항이다. 무엇이든 원리를 모르면 대립과 양극성의 갈등 빚어내는 측면도 이해할 수 없기 때문이다. 말하자면 대립의 양각 크고 갈등 커질수록 에너지는 너 많이 생성된다고 보는 것이다. 이는 깊게 들여다보고자 하는 내면의 갈등이요 시각이기도 하다라는 측면에 있어서 더욱 그러하다. 모름지기 인간사란 개인무의식, 집단무의식, 콤플렉스, 페르소나, 외향성, 내향성, 아니마 & 아니무스,

그림자 등에 따른 사고, 감정, 감각, 직관 총체적으로 잇닿아 있으므로 자연이나 인간 관계를 무관심 혹은 무대응, 평이한 사고로써 간과할 수 없는 것이다. 직관적으로 볼 수 없으면 구체적으로 말할 수 없고, 느낌과 깨달음 없으면 소통 불가다. 그러므로 작가의 이미지와 이미저리는 심상을 그려 나아가는 데 중요한 매개체가 되는 것이다. 때로는 매우 낯설고 껄끄러운 의미론과 맞서기도 하지만 그 부딪히는 불편함 속에서 상상과 유추와 공감도의 이미저리가 확장되기도 한다. 먼 거리의 낯설음이 주는 사고와 감성의 결합은 새로운 기호의 탄생일 뿐만 아니라 하나의 시적 시너지를 형성하기도 하니 말이다.

피망과 파프리카와 고추 사이의 경계만큼
고만고만한 생물 모양새의 색채와 입맛
포개 누인 관계의 시제 어느 행성에 누웠을까

율격 타고 굿거리로 넝출거리는
현, 열 두가닥 운율
(중략)
낯선 듯 익숙한 골목 안 사람, 사람들
　　　　　　　　　　　　　　－「생각의 단단함과 말랑함」 부분

언제부터 희귀병 앓고 지낸 것인가
(중략)
시퍼런 주검 옴싹 수용한 채
제 날 세우지 못하고

우울에 찌들어 살아왔을까 하면,

잘 나가던 날 버려야 할 기회 놓쳤을까

보내야 할 관록 눈 감아버렸던 이유

기억마저 소실되었다

제 각각 고개 돌린 미필적고의!

-「묵은 칼의 노래 」부분

우연이든 필연이든 인간은 사물을 보면 느끼고 깨닫고 상상하는 유추력을 지니고 있다. 이때 정서적 결합은 또 다른 이미저리를 몰고 오기 마련이다. 이와 같은 아이러니한 현상을 우리는 불편해 하면서 공감하고 정서적 갈등을 부정하면서 미/추, 선/악, 장/단, 고/저, 고/하, 성/음, 전/후 소통하는 것이다. 관계는 소통이다. 그러므로 어떤 특별한 영역에서 정신가치가 약해지거나 사라지면 그 에너지는 정신 내에 다른 영역으로 전환 된다. 어떤 취미에서 다른 취미를 불러올 때 이는 일종의 새로운 세계관에 대한 전환현상인 것이다. 말하자면, 변환된 새로운 영역이 동등한 정신적 가치를 추구하는 것을 의미한다고나 할까. 상상하고 유추하고 기억하는 방향이나 방식은 또 다른 에너지를 계속적으로 생성, 재분배 하게 된다. 하여, 생명 존중 의미는 나와 타자와의 공존 공생이다.

사철 푸른 소나무와 슬라브 지붕 어디쯤

투신한 이름 듬성듬성 발견된 것인데

초야의 신랑 신부같이 나눠 마신 인생술

단칼에 베어나갈 이별주인 줄 모르고
우울마저 기꺼이 받아 마셨을까

어둠 방출할 때 반드시 이유가 산다는 데

작별 인사 채 나누지 못하고 서둘러
떠나야만 했던 까닭 무엇일까

-「페르소나13-새벽레퀴엠」 부분

 빛과 어둠은 우리네 삶 속에 깊게 드리워진 그림자다. 함께 공유할 수 없는 듯 함께 공유, 공감하는 측면 다반사다. 따라서 깊은 물은 소리없이 흘러가고 그 깊이와 성숙함은 공감의 감성 수치를 높이기 마련이다. 정서적 안정은 심리적 적응을 발달시키는 일상의 경험과 또 다른 이미지로 환치시켜 준다. 말하자면 정신 요소에 에너지를 부가시켜 주는 힘이다.

동과 서, 남과 북 횡단하는 서식지 오염과
고이고 뭉치는 기름 떼와
새들의 알껍질 세차게 두드리는 살충제
사계절 타이밍 교란은 누구 몫으로
일용할 양식 앞에 쭈그려 앉아 물수제비 뜨듯
생명을 논하는가

-「시의 書, 도전과 웅비」 부분

 쾌속의 문명과 제도 속에 갇힌 폭력, 욕망, 박제된 현실로

부터 우리는 얼마나 자유로울 수 있을까. 오염된 자만이 오염된 것을 비판할 수 있다는 아이러니! 나날이 세속화 되어가고 영달에 빠진 주변을 지독하게 간과하고 사는 현대인의 삶, 그 또한 바로 자신의 오염이기도 한 것이다. 강물이 강가의 지형을 바꾸어 놓듯 에너지도 그들의 통로를 형성한다. 정신 메커니즘은 본능을 모방하여 에너지 통로를 형성하는데 이는 상자 속의 상자와 같은 형태다.

보이는 것은 보았다는 것과 사뭇 같은 듯 달라
너의 안과 겉 안다고 말할 수 없지.
백자로 빚었다고 생각했지만 너는
만지면 저절로 터져버리는 유리항아리였던 게야.
연장 다루는 자와 실험하는 자 행간 달라
깨트림과 빚는 사이에 깨어짐도 존재하더구나.
불완전함의 결여 완전을 향해
돌진할 때 너는 늘 활화산 같았지.
　　　　　　　　　　　　　　-「천 개의 달항아리」 부분 2

삶은 딱 한 가지 방법론이나 하나의 사고로 규정 지을 수 없다. 각양각색의 성격과 성질 취향의 다양성에 의해 일상은 발현되기 마련이다.

강한 쪽에서 약한 쪽으로, 높은 곳에서 낮은 방향으로 흘리 가는 것이 기본 이치요 상식이다. 사회직 악습과 고압적 권세, 부정부패의 일화가 비일비재한 시대다. 젊음의 고뇌는 고착화된 시대와의 불협화음을 형성하기도 한다. 공존하고 소통하는 인과관계가 어떻게 아름다운 것만을 표상할 수 있을까. 문학은 삶이므로 추함도 있고 비정한 비극도, 악함도 표출한다. 대립원리가 정신에너지를 생성하기 위해서 갈등의 요소도 요구된다. 스스로 반추하는 이유 이에 있다 하겠다.

평생 조약돌 빚듯 수련하는 길 위
이별도
찰나다

-「심장수술」 부분

시대 불문하고 정체된 삶은 퇴행하기 마련이다. 삶은 영원 불멸하지 않다. 모든 것 소유할 수도 없고 내일 지구가 멸망한다 할지라도 모든 것 다 놓아버릴 수도 없다. 생존은 정서를 함양시키고 긍정의 세계로 이끄는 감성의 지수와 이미지가 살아 숨 쉴 때 가능한 텍스트(Text)다. 자기 자신을 들여다보는 것 즉, 반추시키며 반성하고 발전하는 것 자체가 살아야 할 이유이며 신앙이요 정서 함양한 미래 거울이다.

한 뿌리로 잇닿던
태초 격정의 고리, 마침내
열매된 자리
꼭지 떨어져 나오듯
길 밖, 그러니까 복원될 수 없는
독립된 출구 들어선,
만삭의 길고양이 한 마리
담장 위에 앉아 저녁을 긁는다

-「배꼽」 부분 1

인간의 외향성과 내향성 이미지는 사고, 감정, 감각, 직관 등에 의해 노출된다. 이때 개인무의식은 의식에 인접해 있는 부분으로 쉽게 의식화될 수 있다. 시적인 이미지즘의 이상적 체험과 관련하여 발생한 발현에너지 공간이랄까.

밀보리 껌 씹던 언니들 다 어디로 갔을까
〈중략〉
솜사탕 웃음 소리 들리는
철로 위 철로
눈 깜짝할 새
놀이터 없이 스러진 아이들
어느 떠돌이 별 되었을까

-「수상한 일기」 부분

수많은 이미지즘 속에는 개인무의식이 존재한다. 개개인 마다 잊고 싶은 악몽은 망각하거나 망각하려고 애쓴다. 마찬가지로 왜곡된 기억이라도 기억하고 싶은 것은 더욱 깊이 심중에 간직한다. 하여, 오래된 이미지는 억제된 자료들의 저장소를 형성하기도 한다. 정신분석학자들의 연구에 의하면 인간이 너무 약하기 때문에 의식에 도달할 수 없거나 또는 의식에 머물 수 없는 경험도 있다고 한다. 이러한 개인무의식과 의식의 이미지가 저장되어 발현하는 시적 요소는, 정서적으로 우리를 지탱하게 만드는 매우 중요한 이미저리로 자리하고 있는 것 아닐까. 감정, 사고, 기억, 상상 등은 죽어가는 것들을 살리는 묘한 마력 있다. 현실적인 행동이나 지각에 영향을 미치는 무의식의 감정적 관념 즉 사고 그밖의 연약한 인간 행위에 큰 영향 미치는 욕망이나 기억을 의미한다.

억압된 불쾌한 생각은 감정적 색채 띤 표상으로 대두되기도 한다.

누가 기울어진 서까래 단죄했을까

약속이나 한 것처럼 아무개 아무시
가차없이 생사 이력 절단한
접매화, 백합, 채송화, 백일홍, 소국
당연한 듯 당연하지 않은

이름, 이름들

-「배꼽」 부분 2

특히 삶을 지향하는 과정 속에 내재된 이미지 중 페르소나(Persona)를 배제시킬 수 없는 것인데, 이는 인간이 사회생활에서 필수적으로 써야 하는 가면이다. 따라서 사회구성원으로서 필요한 심리 기제이기도 하다. 그런 속성의 이미지는 자아가 겉으로 노출된 의식의 영역을 통해 내부, 외부 세계와 관계망을 형성하게 된다. 페르소나는 일종의 가면으로 집단 사회의 행동 규범 또는 역할을 수행하는 상징적 기호요 이미지인 것이다. 이때, 물활론적 세계관은 원초적인 뿌리로부터 생명의식으로 발현된다.

딱딱한 가래떡 닮은 오금들 하시절

바둑을 두는 것인지

오목을 두는 것인지

"아생연후살타我生然後殺打!"

-「대각성, 광야의 눈」 부분 발췌

내면의 세계는 매우 폭넓고 깊다. 그런 이미지 속성이 바로 그림자다. 그림자(Shadow)란 성격의 부정적 측면을 통해 표출되는 자신이나 타자의 '어두운' 부분이다. 존재와 무, 인간과 사물의 관계 및 생태학적 전체성에 반하는 폭력적인 현대 문명, 소비 사회의 이기적이고 비극적인 징후, 환멸의 시학, 생명의식과 道, 자기 부정 등을 통해 시적인 기호는 태어나 성장하고 쇠퇴한다. 언어의 발효는 일상에서 겪는 개개인의 체험과 경험 반추하게 만드는 원형이기도 하다. 자아와 그림자 관계는 빛과 그늘 관계라고 할 수 있다. 아이러니하게도 누구에게나 존재하고 있는 그림자가 인간 삶을 형성해 나간다. 전체성 혹은 전일성을 유지케 하는 원동력인 것이다. 하나의 이미지가 또 하나의 이미지를 구축한다. 이를 첨삭해 주는 이미저리는 보다 더 성숙한 심안과 상상력으로써 인간과 신, 인간 대 인간, 인간과 자연 간의 관계 속에서 발현, 대극적 합일점을 추구한다. 상투성을 벗고 미학적 접근으로써 도전을 강행한다. 이타 관계를 염두에 둔 긍정적인 사고는 감사와 기쁨의 찬양이다. 더불어 현대사에 종속된 시편(Psalms)은, 어둠 뒤로 물러나지 않는 기도이며 샘 솟는 심연의 창작이요 미래 창출로써 공감, 공유되는 실존적 소통 통로다.

천 개의 달항아리

백소연 지음

발행처   도서출판 청어
발행인   이영철
영업   이동호
홍보   천성래
기획   육재섭
편집   이설빈
디자인   이수빈 | 김영은
제작이사 공병한
인쇄   두리터

등록   1999년 5월 3일
         (제321-3210000251001999000063호)

1판 1쇄 발행 2024년 12월 1일

주소   서울특별시 서초구 남부순환로 364길 8-15 동일빌딩 2층
대표전화 02-586-0477
팩시밀리 0303-0942-0478
홈페이지 www.chungeobook.com
E-mail   ppi20@hanmail.net

ISBN   979-11-6855-300-2(03810)

본 시집의 구성 및 맞춤법, 띄어쓰기는 작가의 의도에 따랐습니다.

이 시집은 2024년 예술활동준비금지원 사업에 선정되어 보조금을 지원받은 책입니다.